あの頃、ボクらは少年院にいた

あの頃、ボクらは少年院にいた

セカンドチャンス！16人のストーリー

目次

まえがき

セカンドチャンス！ 理事長
才門 辰史

まず、この本を手に取って読みはじめてくださったことに、心から感謝します。

セカンドチャンス！とはまっとうに生きたい少年院出院者の全国ネットワークで、少年院出院者が同じ経験と、これからの人生の希望を分かち合い共に成長していくことを目的としたグループです。

セカンドチャンス！は二〇〇九年、元法務教官の津富宏先生が呼びかけられ、少年院出院者と数名の非当事者が集まって結成されました。

主な活動は、地域交流会と全国合同合宿と少年院訪問があります。

地域交流会は、少年院を出院してきた若者と出院者社会人、地域のサポーターなどが出会いつながる場です。ここでは、悪ぶる必要はありませんし、かといって無理して真面目ぶる必要もありません。ありのまま本音でいられるような居場所になればと考えています。

全国合同合宿は、全国の仲間とつながり合うことができます。全国に仲間がいるんだ、独りじゃないと感じられる機会になればと思っています。

少年院訪問は、少年院の院生たちに、OBとして出院後の歩みを伝え、人生はやり直せる。独りじゃない、ということを院生にメッセージをさせていただいています。

この活動における私の原点には出院後の孤独があります。そのことを書かせていただく上で、私自身、当時を振り返ると、いつも矛盾を感じます。思っていることと行動が伴っていなかったり、嘘ばっかかりついてしまっていたりしたからです。でも飾らずに当時のことを振り返り、ありのまま当時の思いも含めて伝えさせていただければと思います。


私は十九歳の時、浪速少年院を出院しました。少年院の中で、この少年院を区切りに人生をやり直そうと誓いました。待ちに待ったはずの出院日、塀を出た瞬間、悪魔のささやきのように、

（チクったやつ放っておいていいんか？　一年間はいってたんやぞ？　そのままでくやしくないいんか？）

（お前が出てきたことを、友達、誰も知らないなんて寂しくないいんか？　お前の存在なく

なってるかもよ？）

そんなことで頭がいっぱいになってしまいました。何をどうしていいかわからなくなって、とにかく自分が少年院から出てきたということを伝えたくて、真っ先に仲間の元に向かいました。こうして私の少年院での一年の誓いはたった数時間で音もなく崩れ去っていきました。

（また、家族を裏切った。何だったんや、この一年間）

そう思いながらも、一方、仲間が出院を喜んでくれたことがすごくうれしかったです。

（ははは、もうどうでもいい）

出院初日の夜、くさるような気持ちになったのを覚えています。

その後、父について地元の大阪を離れ、東京に行くことになりました。それでも結局、地元を離れても東京の繁華街をフラフラしていました。

繁華街で歩いているサラリーマン風の人を見かけては、

（スーツ着るなんかすごいな、メッチャ稼いでいんやろうな、オレなんか一生スーツなんか着る仕事なんかつかれへんやろな）

大学生らしき男女のグループを見ては、

（爽やかな感じで男女で楽しそうやな、同じ年ぐらいかな？　オレはあてもなくフラついて何やってるんやろ？　どっからこんな差が出たんやろ。）

自分なんか誰も必要としてくれない。少年院を出てもチンピラみたいなことをしているオレなんかむしろいない方がいい。それこそ、その日一日楽しいこともあったが、先の見えない不安と孤独とこの状況に対する怒りを持ちながら、犯罪も含め、不安定な時期を過ごしていました。

そんな時、フリースクールの学園長に「仕事手伝ってくれないか？」と声をかけられました。生まれて初めてまっとうな大人に必要とされた気がしました。この出会いから私の長い人生のやり直しが始まりました。

そして二年後、学園長の推薦で夜間の大学に通うことになりました。その大学で、犯罪社会学という授業を受けて、少年院の元法務教官の津富宏先生と出会いました。

「自分、実は少年院出院者なんです」

あの少年院の生活を知っている人との出会い、心のドロドロした部分も含め、飾らずに何でも話せる大人との出会いでした。

はっきり言って、私は何一つ自分の力で乗り越えることができませんでした。辛抱強く見守り、支え続けてくれた家族のおかげで失敗を繰り返しながら、自分を必要としてくれた学園長との出会いから、職場とフリースクールの人たち、そこから大学と津富先生、大学の人たち、このように一つの出会いから、出会いがどんどんつながっていき、結果的に私の人生、価値観などがどんどん変えられていきました。そして、二十六歳の時、津富先生からお誘いを受けて、一緒にセカンドチャンス！の活動を始めさせていただくことになりました。

私は、まっとうに生きたい少年院出院者の全国の仲間の輪を広げていきたいと考えています。少年院出院者が再犯して少年院や刑事施設に再入する率は、約三割あると聞きます。でも私は逆に、それ以外は何とか捕まらずにやっているんだということを感じます。セカンドチャンス！はまだ百人足らずのグループです。でもこの輪が二百人、五百人、千人となっていけば、少年院出院者や施設経験者が、人生やり直したい、犯罪をやめて、まっとうに生きたいと願った時、孤独になるのではなく、むしろ近所にも全国にも仲間ができる。そんな世の中になったら、どんどんやり直しやすい世の中になっていくのではないかと信じています。

これからも愚直に活動し、大切に仲間の輪を広げていきたいと思います。

自分しだい

松尾 昌人

幼少期

自分が育った所は昔、畑も多く牛小屋などもあり、その牛小屋などでよく遊んでいた。今では地下鉄が走って、その上には都市高速道路が通って街並みは都会へと変わっている。そんな地域に、私は一卵性の双子の弟と、二つ上の姉との三人兄弟で育った。

両親は今も健在で、自分が二十五歳くらいまでは割烹料理店を営んでいた。父親の家系は代々地主だった事もあり、その一帯に畑やビルなどを所有していて、近所や周りなどから羨ましがられていたし、多分、今振り返ると、何不自由のない暮らしだったたと思う。

両親の店は景気もよく、毎日があわただしく忙しい生活だった。家族揃っての食事など難しい状況で、お店の料理のついでに作って食事をする日々だった。定休日になると家族揃って外食するのだが、父親の酒癖が悪いので、酔うと両親の喧嘩へと発展していく状態の繰り返しだった。また、朝食がない時などは、テーブルの上にお金が置いてあり、自宅近くのコンビニに買いに行って済ませたり、学校給食がない日は、出前を注文することも多かった。お店の奥には三畳ほどの狭い物置があり、そこを無理やり子供部屋として使用したり、時には軽トラックの後部座席を倒した状態で、母親が自宅に送ってくれるまで宿題や仮眠を取って過ごす生活だった。

小学校二年生の時。学校ではクラスの友達と一緒になって、何度も何度も同級生の物などを盗んだり、自宅では親の財布からお金などを盗んだり、また、スーパーなどでも万引きをしだしたりした。高学年の頃には、隣の小学校に数人の仲間と乗り込んで行って喧嘩をしたりして、だんだん問題を起こしはじめていた。小学五年生で、両親の店の隣にあった美容室のヤンキー姉ちゃんと遊ぶようになり、タバコを覚え、そこに吸いに行くのが楽しみになっていった。

親はそんな僕たちを心配したのか、学校の帰りは必ずと言ってもいいほど、正門前に車で待機していて、出てくるのを待ち伏せしては、そのまま強制的にお店に連れて行かれる状況になり、地元の友達と全く遊ぶことができなくなっていった。そのため、お店の区域内の友達を一から作り、仲良くなった子たちと遊んだ。

両親は日頃から夫婦喧嘩も多く、親の機嫌でよく怒られていた記憶ばかりが残っている。幼い頃からずっと、両親が姉と僕たちとを全く違って接していたことが不満だった。

「こんな家になぜ生まれたっちゃろぉ……」という気持ちを抱くようになり、次第に親を恨みはじめ、憎むようになっていった。

一人ぼっちの学校生活――死んだほうが……

六年生。憧れだった先生が担任となり喜んだのも一日だけ。期待した自分がバカだったと思った。なぜならその教師は、女性で一番厳しい教師だったから。ワガママで個性が強過ぎたからか、毎日のように黒板の前に立たされていたし、グーのげんこつでおデコを殴られたり、平手打ちで頬を思いっきり叩かれたりした。怒られてはよく泣いた。

同じクラスの子で一度も叩かれなかった子などいないほどで、毎日のように、常に誰かが黒板の前に立たされていた。帰りの会などでも、毎回、自分の名前が上がっては集中攻撃され、放課後も残されては担任に説教を受け、よく泣きじゃくっていた。それでも、子ども心に抵抗する気持ちもあるので、ふてくされた表情を浮かべては、また叩かれ、怒られ、殴られ……、俺はまた泣いた。

　当時、クラス内の席は六班に分かれていた。しかし、自分は担任からどの班にも迷惑になるとの理由で、班に入れてもらえずに、ずっと一人ぼっちの席で学校生活を過ごしていた。卒業も近くなった頃、卒業写真の際に全体写真を撮ることを知った僕は、担任に、「写真の時だけでも、六班のどこでもいいから入れてほしい」と必死に訴えた。ところが、その訴えも全く聞き入れてもらえず、卒業アルバムのクラスの写真には、自分は一人ぼっちの姿で写ったままになった。

　また、当時の俺には、全く理解することのできないことが起こった。それは、突然クラスの人から無視され始めて、皆から仲間外れにされたのだ。この状況はいじめなのか？　いじめではないのか？　理解することができなかった。自分は、クラスメートがいじめられていると、見て見ぬふりなどできずに手を差し伸べた時もあったのに……。なぜ？　と。先生も憎い！　仲間外れにした奴も憎い！　嫌がらせをした奴も憎い！　そして、両親も憎い！

　なぜこの世に俺は生まれたのか……、死にたい、死んだ方がいいのか、首吊りしたら楽になるかな……、って考えるようになった……。そして、この小学校を一日も早く卒業したいと願い続けた。中学校に行ったら、絶対、不良、ヤンキーになってやる！　嫌がらせや仲間外れにした奴に俺の前で敬語を使わせてやる！　そんなことで頭の中がいっぱいになっていった。絶対に見返すと誓って、小学校生活に終止符を打った。

中学時代

中学校に入学したある日、何気なく校舎から外を眺めていた時、衝撃が全身を走ったのを覚えている！

茶髪、ボンタン、単ラン姿の三年生の先輩たちがそこにいた。彼らを見た瞬間、無我夢中で、俺はその先輩のところまで駆け出していた。

その時から、先輩たちと休憩時間は一緒になり、体育館やプールの裏などでタバコを吸うようになった。一年生が三年生の階へ行くことは、中学校ではタブーだったが、そんなことなどお構いなしに、不良先輩たちと一緒に行動した。そうすると同級生から一目置かれる状況になって行って、自分自身優越感にひたった。

部活はサッカー部に入部。でも、外を走るふりをしながら、同級生と一緒にそのままスーパーやコンビニに直行しては、毎日のように万引きを繰り返したり、朝から先輩の自宅でお酒を飲んで酔っ払った状態で登校したりした。

また、ガスライターをシンナーのように吸える事を知って、暇さえあれば皆でガスを吸っていました。ニュース番組でガス爆発などのニュースや、特集番組などで、ガスの吸引はシンナーの三倍以上身体を蝕むとか、ガス吸引者は五十代で頭のボケが進行していくなどを見て、正直怖くなってしまってからは、ガスでなくシンナーを吸引するようになり、友達と補導された時もあった。

次第に、恐喝、暴走族の集会に参加したりもするようになった。この頃は友達や周りには、格好悪い所をすべて隠し通しては、常に自分を強がって見せていた。給食前に登校して昼休みには帰宅する日々の生活だったが、ビジュアル系ロックバンドXJAPAN（エックスジャパン）が好きだった僕は、中学一年の頃にドラムを親に買ってほしいと頼んだ。ところが父親に、「男というものは家庭のためにお金を稼いでいかないといけないんだから、毎月自分で働きながら払っていけ」と言われたのがきっかけで、中学校時代の二年間くらいは新聞配達のバイトをしていた。次第に給料アップのために、夕刊や折込チラシ作業などもやっていた。

中学校卒業前、父親から「高校を途中でやめるなら、初めっから行くな」と言われた。「卒業後は何でもいいから、仕事だけはやれ」とも言っていたので、高校には進まない予定だったが、担任が、俺に「お願いだから定時制高校を受験してくれ」と言うので、受験をすることにはなったものの、定時制高校もあっけなく不合格。そこで、中学卒業後は親が探した自宅横の左官屋で働くことになった。

青の時代

左官屋に勤め、仕事終わりになると相変わらず、友達とシンナーを吸ったりの日々。次第に家に帰ることも少なくなってしまい、家出状態で先輩の家を転々として寝泊りしていた。

そんな頃に、先輩から貰った透明の袋、中身は白い結晶。「覚醒剤」を人生初めて見た瞬間だった。覚醒剤――正直、とまどいながらも、覚醒剤を「知って」しまった。当時一パケ一万円と高額な物だったので、頻繁に手を出すことはできない。お金と覚醒剤ほしさに、車上荒らし、恐喝、ひったくりをやっていた。

あの日も、いつものように恐喝して帰る途中だった。覆面パトカー四台に囲まれ、傷害罪で人生初めて、現行犯逮捕された。

両親と数ヵ月ぶりに留置所で顔を会わせた。「留置所にいると思えば、どこにいるか心配せんで良いから…」って親からつぶやかれたのを覚えている。

その後、鑑別所へ収容されたが、全く反省などせずに過ごしていた。地元に帰ったのでは再犯の恐れがあるという理由で、母親の里である他県の親戚の叔父さんが身元引受人となり保護観察で社会に出たのだが、知らない土地に慣れるはずもなく、一ヵ月もたたないうちに家出をした。

家出先の家庭は、ボロボロのアパートに家出少年少女数名が住んでいるところだった。ここで、少年少女たちと一緒に、シンナーを吸ったり、飲食のために万引き、パチンコに行くために恐喝し、原付バイクで引ったくり。暴走行為……、そんなことをしている時に、些細なことで先輩たちから三十〜四十分くらいの間、殴られ蹴られるリンチを受けてしまった。途中から全く記憶がない……。

もう、うんざりだった。それまでツルんでいた先輩たちとの連絡を次第に断って、徐々に距離をおくようになっていった。そのころ付き合ってた彼女と実家に戻って、半同棲生活をはじめた。同級生たちとも次第に連絡も取れなくなってしまっていたが、周りの噂で捕まったと聞かされた。そんなことが、ふっと、自分自身の人生を考えるキッカケとなり、もともと夢だった歌手への道をもう一度めざそうと決意した。たまたま新聞に掲載されていた事務所のオーディションを受けることになった。入会金十八万円を払ったからか、案外簡単に合格した。ボイストレーニングなどのレッスンを受け、新たな日々、さまざまな刺激を受けて、マジで頑張っていこうと決意した。

そんな矢先のことだ。自宅で寝ていた僕は、夢の中で母親が動揺しながら何か話をしている声が聞こえてきた。夢かと思いながら起き上がったが、夢ではなかった。そこで声のする方へ行ってみると、玄関先に男性三〜四人がいる。私服警官の姿だった。自分の顔を見るなり、家宅捜索の令状を出した。

自分の部屋や家の周りなどを捜す捜査員たち。しばらくすると、警察署に同行するようにと命じられた。「すぐ家に帰れるから」と言われ安心した僕は、車に乗り込んだ。車内から母親が泣いている姿を見て、〝すぐ戻って来るのになんで泣くんだろう？〟と思った。取調室内で逮捕状を見せられて、両腕に久し振りに掛けられる手錠の冷たさを感じた瞬間、初めて、母親が流した涙の意味を知った。

審判当日、裁判官を見た瞬間、驚いてしまった。一回目の事件の時と同じ女性裁判官だったからだ。裁判官がたんたんとしゃべり、さまざまな言葉が飛び交う。終盤に差しかかった時に、裁判官が言った。「少年院でたくさんのことを学んで……」、それ以降は、全く記憶がない。頭が真白になってしまって、わけも分からず、気がつくと涙があふれて視界がかすんでいた。

今日ここから出られる、そのことしか考えていなかったので、現実を受け入れるまでには時間がかかった。鑑別所に戻り、再び鉄格子の狭い部屋の中で、自分はどこの少年院に行くのか、いつ少年院に送致されるのか、不安な日々を数日間過ごしたのを覚えている。

少年院で身に付けたこと

少年院に送致され、お気に入りの髪の毛も丸坊主にさせられた。部屋に戻って教官から、「不安な事はないか？」と訪ねられたので、当時、テレビのドラマに少年院でのイジメの場面があったのを思い出し、「少年院はイジメとかないですか？」って聞いてしまった。誰も「あるよ」とは言わないだろうけど、「イジメなどないから」の言葉だけでも聞いて安心したい自分がいた。それだけ不安だったのだ。

新入時教育を一ヵ月間過ごし、中間期は事務ワープロ科で生活した。ひたすらタイピングの練習をやった。書類の作成、資格を取るための勉強などの日々、少年院ではたくさんのことを学んだ。

逮捕された時に少年課の刑事さんから、時間はたくさんあるから、一冊でも多くの小説を読むように言われたことを思い出して、初めて、小説『塩狩峠』や『少年H』や『五体不満足』などの本を読んだ。漢字が苦手だった僕は、一冊を時間をかけて、国語辞典、漢字辞典で調べながら必死に読んだ。昔、父親から「社会は学歴よりも知識だから」と言われ、「どの新聞でもいいから読んだほうがいい」と言われたのを思い出した。少年院に西日本新聞が置いてあったのですみずみまで必死に読んだ。世の中がどうなってるのか知りたかったからだ。

少年院では、それぞれにふさわしい課題を出される。①忍耐力、②精神力、③持続力が、自分には必要だと告げられた。「出院までに、これを身に付けさせるからな」と担任の教官から言われた。少年院生活も半年が過ぎた頃だ。それまでには毎日のように夢に彼女が出てきてた。でも、全く夢に出てこなくなっていた。「一年間待っててくれてる」というのは自己中心的な考えかなって思った時、悔しさと、虚しさに襲われて、夜、枕を濡らした時もあった。出院したら、もう一度、夢だった歌手の道へと行こうと思った。少年院出院者だからって関係ない、歌手の夢にチャレンジするんだ、と決心して出院した。

出院の日。親が待機している部屋に案内される。父親は仕事が忙しいとの理由でいつだって母親任せだったから、どうせ今日も母親しか来ていないと思った。しかし、扉の向こうにいたのは父親だけ。正直驚いた。「えっ？　母さんは？」と問い掛けると、「体調悪くて来られなかった」と聞かされた。だからここ半年くらい、手紙も面会もなかったんだと理解できた。ついつい見捨てられたのではないのかと思っていた自分が馬鹿だった。

出会いに感謝

少年院を出院してからは、知人からの紹介で一ヵ月くらい手伝ってほしいと言われて、現場の仕事で働きはじめ、一ヵ月のつもりが一年間も働き続けることができた。そして保護観察期間が満了となった二十歳。夢をあきらめたら後悔すると思い、そこの社長に「夢をあきらめたくないので」と勇気をふり絞って伝えた。

自分で探して芸能事務所の門を叩いた。ところがその事務所には歌手コースがない。しかたがないので帰ろうとした時、「オーディションだけでも受けてみたら？」と言われたので、タレントのオーディションを受けることにした。カメラの前で、「楽しく笑って」と言われたけど、「俺は面白くないので笑えません」と、そんな態度でいやいや演技をした。一ヵ月が経過した頃、事務所から「合格」の連絡がきて、正直、驚いた。合格者はたったの三人だけだったそうだ。

運が良いのか、通常は二〜三年の養成所経験の後にＴＶ出演へという過程が必要なのに、今回の企画は無料で三ヵ月間レッスンを受けた後に、ＴＶに出演できる企画という。

必要になってレッスンを受けた。両親が死んだことなんてないのに、霊安室に入っての演技をさせられたり、とにかく自分のカラを捨てなきゃできない演技ばかりだった。

その後、数回、TVに出演した。火曜サスペンスドラマでは、県警の取調室の刑事役で二度出演。正直、「ほんとに俺で良いのかなぁ〜」って思いながらのロケを思い出す。しかし、タレントで生活ができるわけもなく、そのうちオーディションの話すら来なくなった。そんな時に、友達の誘いで一ヵ月間だけ、営業職に就くことにした。タレント業と並行しての仕事だ。そこは有名な企業だった。

学歴は中卒なのに、つい高卒と偽って入社してしまった。数ヵ月後に飲み会があり、同僚に本当の学歴を暴露されて、飲み会は中止になった。さらにクビを宣告される事態になった。もともと長く勤める予定ではなかったので、辞めるしかないと思った。だが、そんな自分に課長が必死に説得してくれ、課長とチーフと一緒に、会社に謝罪をしに行くことになった。課長が謝罪文まで準備してくれていたのには本当に驚いた、その結果、七十件の新規成約が達成できれば継続雇用、と言われたのだ。必死になって営業しノルマを達成できた。そのおかげで平成十五年二月入社から現在まで、会社生活を続けることができている。

この営業の仕事で自分自身の性格も丸くなり、次第に目標を持つようになった。中卒という学歴で少年院出院者だけれど、それだけでバカにされるのはいやだった。中学の同窓会で「自分はマイホームを建てる。自分の店を持つ」と言った。しかし、一年二年と月日は過ぎて行く。自分の言ったことが「口だけ」と思われたくない。そこで思い付くことは何でもやってみようと行動していった。会社は副業禁止だったので、クビになることも覚悟しながら、初めに、犬の散歩やお墓掃除の代行の事業をやることにした。

でも、他人のお墓掃除の前に、まず身内のお墓を掃除しないと先祖が怒るんじゃないかと思った。それに、実際に掃除してみないと分からないこともあるだろうと思って、雨の中、一人でお墓に出かけた。タワシ片手に、初めてお墓を洗ったのだが、そのときから自分の生活がガラッと変わっていった。

店を持ちたいと思ったものの、飲み屋の経験はない。失敗も成功もまずは経験しなくてはと思っていた時、ある人との出会いで、ナイトのお店を経営することになったのだ。さらに、マイホームがほしくても住宅ローンの審査に通らないので、すっかりあきらめていたら、建設会社の社長が力を貸してくれることになった。そのおかげで二十五歳ギリギリにマイホームを建てることができ、先祖の仏壇を置くこともできた。

罪と更生

経験者だからこそできることがあると思う。ニュースで「少年院出院者がNPO法人セカンドチャンス！を設立した」と聞いた瞬間、「自分もこんな事がやりたかったんだ」と思い、全身に電気が走った事を覚えている。

やがて、セカンドチャンス！のメンバーと会い、自分もセカンドチャンス！の一員になった。これまでの数えきれないほどの罪を、これで償えると思っているわけではないけれど、セカンドチャンス！のボランティア活動を通じて、少しでも償うつもりでいる。自分のできる限りのことをやっていこうと思って活動している。

そして、今、自分のような若い人がいたら、これだけは伝えたい。

「うまくいかない時、原因は自分の中にあると思わないかぎり成功はない」ということ。うまくいかないと、教え方が悪いと言ってみたり、場合によっては他人や親や先生、友人、上司、のせいにしてきた自分だった。でも、自分自身の問題なのだと気づいた。

また、少年院を出てたくさんの出会いを通じて、「信用」の大事さにも気づいた。自分は学歴はないけれど、将来会社を設立したいと思い、そのためにいろいろな社長のもとで、十八職の仕事を経験してきた。世の中には数え切れないほどの職業がある。十代で職業が明確に決まっている人はほとんどいないと思う。何でも良いから、五年後、十年後、どういう自分になりたいのかを考えて、他人に何と言われても、あきらめないでほしいと思う。

こんなことを偉そうに言ってしまったけど、自分もこれからもたくさんチャレンジしていきたい。

夢に向かって

こうき

居場所はなかった

僕は平成二年に生まれました。幼少時代からおとなしくて、自分から話しかけることはあまりない少年だったようです。保育園の年長になって、柔道を習い始めました。小学生になり、毎日のように野球や鬼ごっこをして飛び回っていました。この頃から友達をいじめることもちょくちょくありました。

クラス替えがあった時、それまで仲の良かった友達や大好きな先生と疎遠になってしまいました。それまでは自分から友達をピンポンダッシュや窓ガラスを割るといった悪さに誘っている立場でしたが、一変して、僕が周りの子にこき使われたり、無理やり遊びに付き合わされたりするようになりました。それまで自分がやってきたことでもあるので、いやでもやらないわけにはいきませんでした。この時の付き合いは、ものすごいストレスでした。それ以外の時間の解放感がすごかったのを覚えています。

五年生の新しい担任は歌が大好きで、音楽会へ向けての長丁場の練習をさせられました。僕はそれが苦痛で仕方がありませんでした。その上、クラスでは僕に対して「きもい」などの陰口や悪口が増えて、居場所をなくしていきました。正直、クラスには居場所はなく、ほとんどの人が敵に思えていました。休み時間を過ごす場所はトイレか図書館が多く、授業の方が断然ましだと思う状態でした。

やがて、数人で万引きや放火といった悪さをするようになり、担任の先生や校長先生にも怒られました。それでも何とか不登校にならずに卒業を迎えました。

卒業前から、中学生の暴走族の先輩がかっこよく見えて、秘かにあこがれ、ひとりで髪形をセットしたりしていました。

野球と暴力

中学に入り、環境がガラリと変わりました。無理して明るく振舞いました。部活は小学校の時から好きだった野球をやりました。初めのうちはランニングや筋トレ、ボール拾いばかりやらされる日々でしたが、毎日練習しているうちに、うまくなっていくのが実感できました。レギュラーになれるように必死に努力しましたが思うようにいかず、後輩にも抜かれる始末でした。それでもめげずに、毎日練習に明け暮れました。たまには活躍もできました。

三年生になり、だんだん最後の大会が近づいてきました。しかしベンチに入れるか否かの境をさまようのが自分の現実。しかも、部活でも同級生からのいじめを受けました。親には、余計な心配をかけたくないという思いもあり、いじめについては言いませんでした。努力し続けるのにさすがに嫌気がさしてきて、さぼりだしてしまいました。結局、最後の大会にも行きませんでした。

クラスでも部活でもいじめを受けていたので、自分の弱さもあり、すべてをさぼりだしてしまいました。親からは「行け」と言われ、ますます行きたくなくなり、そのうちにあきれられていきました。自分の殻に閉じこもり、起きたい時に起きて、やりたいことだけをやるといった、だらしない生活になっていきました。

そんな生活を続けていながらも、頭ではバラ色の高校生活を思い描いていたのです。そのため、必死に全国の高校の情報を検索していました。家から出かける時はサングラスをつけていたので、不審者と思われたこともありました。

そうこうしているうちに、中学校の卒業式の日が来てしまいました。親や先生の思いとは裏腹に、卒業式には出席しませんでした。母親は泣いていました。担任の先生が春休みに家に来てくれて、僕でも入れる寮生活の高校を紹介してくれ、県内にある私立高校を受験しました。合格して入ったものの、周りへの不満が先立つようになり、ひと月くらいで行かなくなってそのまま退学してしまいました。

でも野球への未練は捨てきれなかったので、野球部がある別の高校へ転学しました。そこも寮がありました。しかし、現実は厳しく、他の部員との実力差は歴然。その差を埋めるべく自分としては必死に努力しましたが、それは容易ではありませんでした。遅刻が目立つようになり、先輩や同級生から目をつけられ、なぐる、蹴る、ボールをぶつけられるといったことが多くなり、回数が増すごとにやられ方がひどくなっていきました。

ある日、リンチを受けて寮を飛び出しました。親が迎えに来てくれました。手を出した相手も叱られはしましたが、二回目に逃げた時には、逃げた僕のほうが悪者になってしまいました。もう戻る気がなくなり、両親や先生の説得を振り切って、地元に帰り、そのまま戻ることはありませんでした。

地元を飛び出して

地元へ帰って二ヵ月ほどたった頃だったと思います。東京に行けばなんとかなるという甘い発想で、母親の財布からお金を盗み、約七時間かけて横浜駅にたどり着きました。そこから東京まで行くつもりだったのですが、そこで横浜で有名な山下公園へ向かいました。何の当てもなかったので、両親が心配している姿を想像しながら寒い夜をコンビニの駐車場で明かしました。朝方、電車に乗って渋谷に行きました。街をぶらついて渋谷駅周辺にいたら、お巡りさんに声をかけられ、いろいろとうそを言ったのですが、結局父親に迎えに来てもらうことになってしまいました。父親に合わせる顔がないと思い逃走を図りましたが、無駄な抵抗でした。

家に戻ったもののまた東京へ行きました。現場仕事の日雇いや新聞配達の住み込みの仕事で約九ヵ月食いつなぎましたが、新聞配達の仕事はミスや遅配が相次ぎ、クビになってしまったのです。この時は悔しくて泣きました。お金がなくなると、マクドナルドや新宿や池袋の駅で寝たり、試食コーナーをうろつくこともありました。そしてまた、現場仕事に戻りました。炎天下の真夏、熱中症になることもありました。ひと月くらいでその仕事も終わり、フラフラと転職を繰り返しました。

そうこうしているうちに、またお金がなくなってしまいました。ある夜、公園に向かいました。その途中、お巡りさんに声を掛けられ、ナイフを持っていたことから警察署へ連行され、また両親が迎えに来ました。しかし両親の元から逃走して、地元には帰りませんでした。

少年院――変わるしかないと心に決めて

ある日、それでも両親とのわだかまりを解消しなくてはいけないと思い、夜中、家に帰ったのです。翌日の昼、レトルトのハンバーグが出されました。「レトルトか」と思った時、おさえていた親への恨みのような気持ちが爆発してしまい、母親の目の前でお皿を床にたたきつけ、両親に暴力を振るい、父親の部屋のドアを壊し、壁にも穴をあけ、ベッドのシーツにマッチをすって火をつけました。それはすぐに消しましたが……。

その後、自分の部屋で寝ていたら警察が来て、そのまま、逮捕となってしまいました。鍬《くわ》まで持って、車で逃げる父親を追いかけたので無理もないのですが、親から警察に訴えられたことはショックでした。鑑別所に親が面会に来ても、特に話もしませんでした。そのうちすぐ出られると甘く考えていました。特に反省もしていませんでした。鑑別所の同じ部屋の子ともふざけ合っていました。

そして審判の日が来ました。審判では、親に対する不満、恨みなど思っていることを話しました。裁判官からは、「完璧な人間はいないのだから、欠陥があっても大目に見てあげなくては」と言われたことを覚えています。結果は、予想に反して、少年院送致になってしまいました。ビックリしたのと同時に、またそこでいじめられるのではないかという不安に襲われました。両親と抱き合い、泣いて、素直になれた自分がいました。その後、新幹線で少年院へ。少年院に着いて「来るところまで来てしまったんだな」という思いと同時に、「ここで変わるしかない」「真面目に真っ当にやり続けるしかない」と腹を決めた自分がいました。

最初の担任は年配の先生で、口うるさい方でした。中間期の担任は一番なってほしくないと思っていた先生でした。でも、その先生とは本音で話をすることができました。出会えて本当に良かったと思います。その時は、余罪についての申し立てを自分でしました。自分にとっても必要な期間だったのだと思います。

両親は、たびたび面会に来てくれました。面会で「もう少しいろいろしてあげればよかった」と親が言ったのを覚えています。自分は、「いろいろしてもらったよ。それなのに期待に応えられなくてごめんね」と言ったように思います。弟や姉も来てくれました。少年院の学園祭の時には、長時間、両親や弟と話し合う機会がありました。そこでけんかみたいな言い合いになってしまうこともありましたが、最後は皆で泣きながら「サライ」を歌い、一緒に感動してくれました。

そして専科（最後の三週間）に進級しました。担任は三十年以上も務めているベテランでした。漢字検定、ワープロ検定、小型重機の試験にチャレンジさせていただいたことも良い思い出、良い経験になりました。僕は少年院で体育レク係という役をもらっていたので、特に、体育で頑張った思い出があります。退院の日、少年院で頑張ったそうしたたくさんの思い出がこみ上げてきました。式の時には泣いてくれる人もいました。

仕事を変わりながら、夢を追いかけて

地元に戻ってから、亡くなった祖父が入っていた老人の介護施設で働き始めました。同時にボクシングジムへも入会しました。格闘技には、少年院に入る前から興味を持っていました。畑山隆則、辰吉丈一郎、フォアマン、タイソンといった選手たちに憧れています。そうしたプロのファイターになりたいと思いました。

仕事にジムにと、ストイックにトレーニングしていましたが、仕事は一年三ヵ月ほどで退職してしまいました。総合格闘技も習い始め、車の免許も取得しました。試合ではなかなか勝てませんでした。お金があっという間に底をつき、また、職探しに奔走しましたが、どこも不採用。採用にならなかったのは、自分の置かれている立場、状況を顧みず、やりたいことばかりを追いかけてしまう自己中心的な考えをしていたので、今思えば、当然のことだと思います。

その後、少年院時代からやりたい仕事第一位にあげていたガードマンの仕事にたどり着きました。ところが思っていたよりきつく、時間管理ができないと退職を余儀なくされ、その後は障害児の支援をするアルバイトを始めました。ここは約五年続きました。格闘技の練習もたっぷりでき、大会にも出ました。負けることの方が多かったのですが、二勝上げることができました。

その後もさまざまな仕事にチャレンジしています。やる以上は一流をめざして頑張ります。そしてやがては、かつての僕のような人を救い出す仕事に就きたいと思っています。格闘技では、まずは空手の大会での優勝を目指します。

『ゲット ア ライフ』

はずき

『ゲット ア ライフ』、これは僕が少年院に入っている時に高校生や地域の方々、保護者の前で発表した作文の題名です。新しい人生の一歩を踏み出すという気持ちを込めてつけました。

人生には、嬉しいこと、楽しいこともあれば、つらいこと、悲しいこともあります。少年院に入っている時は不幸のどん底で、何で俺だけこんな目にあわなきゃいけないんだろうと、毎日、憤りを感じていました。でも、今になって考えてみると、あの時の経験はこの先、一生忘れる事はないでしょう。少年院に入るということを勧めているわけではありませんが、少年院に入ってたくさんの事を得られたので良い経験になったと思います。

これから僕の生い立ちを書いていきますが、これを読んでいる人に何かの役に立てたらいいなと思っているし、こんな人もいるんだと知ってもらえれば嬉しいので、うそいつわりなく、その時の感情を書いていきたいと思います。

少年院

「起床！　起床！」まだ眠い目をこすりながら起き上がると、パジャマを脱いでいつものように部屋の掃除を始める。また何も変化のない長い一日の始まりだ。ただ、普通の人と違う所がある。それは、鉄格子で周りを囲まれているということだ。窓には鉄格子がついていて、出入りする扉は頑丈な鉄で出来ている。中からは開かないように外から鍵がかけられ、五畳ほどの部屋の中にはベッドとトイレと洗面所と机が置かれているが、小さな仕切りがあるだけなのでトイレは丸見えの状態だ。

ここは少年院。二十歳以下の百人ほどの少年たちがみんな坊主頭で共同生活を送っている。あどけない顔をした少年たちばかりで、知らない人が見たら良い子にしか見えないだろう。しかし、ここには非行傾向が進み、一般社会でこれ以上生活をしていても周りに迷惑をかけるだけだから隔離された所で更生してきなさいと裁判官から裁かれて集まった、いわばワルの集団だ。約一年間生活していくわけだが、先の見えない絶望感と不安で「これから俺はどうなるんだろう。無事にここから出れるのかな」と考えているうちに涙がポロポロ出てきた。

自分がした事だから自業自得だが、この時は、少年院送致を言い渡した裁判官と、自分を逮捕した警察官を憎んだ。

悪さを覚え始めて

一九九一年、僕は生まれた。五歳の頃に父と母が離婚する事になるわけだが、離婚する前、父は酒を飲みながら母を怒鳴りつけていて僕はドアの隙間からその光景を静かに見ていた。その場面だけは鮮明に覚えている。

小学校に入学し、四年生の時に地元の野球クラブに入った。母親と二人で生活していたため、今考えると金銭的に余裕はなかったはずだ。それなのに、やりたいことをさせてくれていた母。母子家庭だからというつらさは全く感じていなかった。しかし、その母は怒るとものすごく怖くて、父がいない分、一人二役をして父の分まで怒られた。よく頭をグーで殴られた。活発な性格だったため、女の子にちょっかいを出したり自分より弱い立場の子を泣かせたりした。その度に担任の先生から母に連絡がきて怒られた。

小学六年生になると、何にでも興味を持ち始めるようになった。マンションの上から物を落として周囲の反応を見て楽しんだり、エアガンで人を撃ったりしていた。この頃から善悪の判断が出来なくなってしまっていたのかもしれない。そしてそのまま中学生になり、一年生の時に僕の人生を変えるきっかけとなった一つ年上のN君と出会う事になる。

N君は髪を染めていて、眉毛は剃り、ズボンはボンタンをはいていた。当時の僕は、思春期で母親と喧嘩をする事が多く、勉強についていけなくなり、徐々にテストの点数が下がり始めた。最初は母に怒られないように勉強をしていたが、ついに勉強に嫌気がさしてきた。そんな時に出会ったのがN君だった。

授業が終わるとN君の元へ行き、公園でたむろしたり自転車であてもなく走ったりしていたが、勉強という縛りから解放された自分には、何をしていても全てが楽しかったし、N君と常に行動を共にしているうちに、N君みたいになりたいと思うようになった。

N君といつものようにみんなで公園でたむろしていると「お前もこれ吸ってみてん」とタバコを差し出された。最初は少し怖いと思ったが、断る理由がなかったし、これでN君ともっと仲良くなれるなら、これくらいいいだろうと思い、差し出されたタバコを手に取って火をつけた。ゴホッゴホッ。肺に煙が入っていく感じが気持ち悪くて思わずむせた。(まずっ。何でこんなの吸いよるっちゃろう)。これがタバコを吸った時の感想だ。しかし、

N君ともっと仲良くなりたいと思っていた僕は、それからもタバコを吸った。万引き、家出、バイク窃盗、深夜徘徊等、何も考えずにやっていた結果、僕の周りから友達が消えた。学校からも見放され、当時付き合っていた彼女に、教師は「あなたまで悪くなるから別れなさい」と言った。

一人ぼっちになったが、母だけは僕のことを見放さなかった。僕が問題を起こすたびに学校に母が呼び出され、そのたびに母は僕のために頭を下げた。そんな母を見ても僕の感情は揺れ動くこともなく、自分さえ良ければ、楽しければ、それでいいと思っていた。母の顔を見たくなかった僕は家出を繰り返した。

悪さのイロハを覚えてきた僕は、中学三年生の時にN君から誘われ、バイク四十台で走る事になる。僕はケツ持ちという一番後ろでパトカーを前に通さないようにする役を任せられる事になる。先輩の後ろに乗って、先輩から卵とマヨネーズを渡されて「こればパトカーに投げつけていいけん」と言われ、僕は必死にパトカーにマヨネーズをかけまくった。

先輩はバイクを華麗に操り、倒れるんじゃないかと思うほど、バイクを倒してパトカーの邪魔をしていた。その時は怖くてしかたなかったが、終わった後の快感と、無事に帰れた安堵感で体がブルブル震えた。

学校に警察が

三ヵ月くらい経った頃、いつものように学校にいると、警察官が二人やってきてそのまま警察署に連れていかれた。写真を見せられて「これはお前だろう」と言われ、逃げられないと思い素直に罪を認めた。しかしこの時は逮捕・勾留はされず、後日、裁判所に行き審判を受ける事になった。鑑別所に行けば卒業式に出られなかった。審判では保護観察処分になったためホッと胸をなでおろした。

高校受験の方は見事に全て落ちたので、卒業後は働く事になっていた。働き先も決まった。みんなとは違う道を歩んでいくわけだが、それに対する劣等感はなかった。むしろ他の高校生と違って、自分でお金を稼ぎ、自由に使えるということに優越感を感じていた。他にも働く道を選んだ友達が何人かいた。働き始めてから落ち着くわけでもなく、元気が有り余っていたので、昼は仕事をして仕事が終わるとそのまま遊びに出掛け、朝帰ってきてまた仕事に行くという生活を続けていた。

その頃も、まだ母が厳しくて、家に帰ってこないと電話とメールの嵐。「やることやって遊んでいるのに、何でいちいち小言を言われないといけないんだ」と思い、全部無視していた。

ある日のこと。家にも帰らず友達の家に入り浸っていた僕は、いつものように仕事を終え、作業着のまま十人くらいで河川敷でバイクを停めて遊んでいた。そこへ、二人組の男がやってきて「うるさいったい。邪魔やろうが」と声を掛けてきた。喧嘩を売られたと感じた僕たちは、一人じゃ何もできないのだがそこにいた十人で一人の相手に殴る蹴るの暴行を加えた。二人のうちの一人は逃げ出した。警察に通報したのだろうか、すぐにパトカーがやってきて、逃げ遅れた自分ともう一人が警察署に連れていかれて、そのまま逮捕された。

どん底

九月十五日のことだ。初めて逮捕された僕は留置所に連れていかれ、窓から外も見えない五畳ほどにトイレしかない部屋に詰め込まれた。この時はまだ、この先待ち受けている地獄の日々を知らなかったので安易に考えていた。とりあえず、飯が冷たいし少ない。成長期真っただ中の僕からすれば五分で食べてしまう量なので、満腹になるわけもなくおかわりもできない。ストレスだけがたくさん溜まっていった。留置所の中にはテレビがないので本を読む以外にする事がなく、暇で仕方なかったし、夏場なのに週に二回しか入浴できないのは苦痛だった。時計も部屋にないので時間の感覚は全く分からない。とにかくする事がないので時間が長く感じた。やっと二十日間の勾留を終えて鑑別所に移送される時は、嬉しくてしかたなかった。

鑑別所は留置所と違って飯はうまいし、決まった時間しか見れないがテレビはあるし、机や棚などがあるので、生活感があって天国かと思えた。この時、僕は傷害の他に、強盗致傷、窃盗、共同危険行為の事件で送致されていた。それでも、鑑別所で出られると思っていたので反省は一切していなかった。被害者に対する思いよりも、もっとうまく捕まらないようにできたんじゃないかとか、友達に会いたいとか、自分の事しか考えていなかった。

そして運命の審判の日。僕は鑑別所の光景を目に焼き付けて、職員と一緒に車に乗り込んだ。頭の中では、裁判官に良い印象を持ってもらうために反省の言葉を全て暗記して復唱していた。だんだん車が地元に近付き、見慣れた光景になると気持ちもソワソワし始め、「やっと家に帰れる。友達に会える」と、解放されてからのことを考えながらニヤニヤが止まらなかった。そうこうしているうちに裁判所に着いた。

ガチャガチャ……。鍵をかけられた重い扉が開けられ、僕の人生を左右する部屋へと入っていく。そこにはすでに母が重い顔で待っていた。すぐに裁判官も入ってきて審判が始まった。名前と住所を言い、鑑別所で考えてきた「反省の言葉」を言って必死にアピールして、心の中で神様にお願いをしまくった。だが神様に僕の祈りは届かなかった。

「あなたを中等少年院送致とする」。一瞬で頭の中が真っ暗になった。(は？　嘘やろ？少年院？　意味が分からん)。僕はどん底へと突き落とされたように感じた。

「更生なんかしない」と

来た道をまた戻り、鑑別所へと帰っていく。少年院へ入るまでの数日間、鑑別所で生活するわけだが、少年院に行くまでのあいだ漫画を読むことができた。不安と恐怖で漫画を読みたいとも思わなかったが、何も考えたくなかったのでひたすら読んだ。四日後いよいよ少年院へ移送された。

鑑別所から十分程の場所にある少年院へ移送されると、まず全裸になり、お尻の穴まで身体検査され、用意された衣服に着替えて単独室へと移された。これから待ち受ける約一年という先の見えない不安と、友達や彼女に会えないつらさに涙を流した。

最初の一ヵ月間は、少年院の決まりや基本動作を覚えるために、礼の角度、足の上げ方、指先まで指が伸びているか等、みっちりしごかれる。少年院は学校でいう通信簿のようなものがある。生活態度や決まりを守れているか、自分が犯したことに対してどういうふうに考えているかなど、いろいろな項目があり、それをクリアできないと次のステップに進めず、社会復帰が遅れる事になる。一ヵ月間は単独部屋だが、それ以降は集団部屋へと移り、生活していく。

集団生活が始まった。ここからが地獄の始まりだった。何をするにも教官に許可をもらわないといけなくて、窓を開ける時は「窓開けます」、机から消しゴムが落ちて拾う時は「消しゴム拾います」、トイレに行くにしても大か小かを伝えて行く。そうしないと決まりを遵守していないと判断され、成績に響いてしまうのだ。週に二回の筋トレではとてつもない量をさせられ、途中で諦めてしまうと連帯責任でまた一からみんなとやらなければいけない。それが原因でいじめの対象になったりするため、吐く人などもいた。

だから、もう二度と少年院には行きたくないと思う人がほとんどだと思うが、僕は違った。今回捕まったのは、被害者が喧嘩を売ってきたからだと自分を正当化し、教官からは悪友との付き合いをやめるように言われたが、「何であんたから指図されなくちゃいけないんだ」と思っていたし、自由を奪われた怒りと日々のストレスで、僕は「更生なんか絶対しない」と決めた。

母は仕事を辞めざるを得なくなり、それでも僕のために月に一、二回は必ず面会に来た。母一人の収入では被害弁償のお金を払うのは相当きつかったと思う。迷惑をかけて申し訳ないと思った。

更生する気は全くなかったが、唯一頑張っていたのが資格取得のための勉強だった。少年院ではいろいろな資格が取れるので、一年間何も身に付けないよりは、いつか役に立つだろうと思い、暇さえあれば勉強していた。そこだけは教官も認めてくれていたと思う。今思えば、その頑張りをもっと違う所でも活かしていれば、誰にも迷惑をかけることもなく、少年院なんかに行かずに済んだのだろうが、過ちを犯してしまってからではもう遅い。それなら今できる事をやろうと思い、ひたすら勉強した。

あと一回少年院に入ったら

あんなに長く感じた少年院生活も、いざ社会復帰目前になると不思議なもので、もう少しいてもいいかな、とか、社会で生活するのが怖いとすら思うようになった。その日は十二月二十五日。迎えには母が来た。あの日の喜びは忘れないだろう。友達と彼女に連絡をし、久しぶりの再会を果たして祝福された。

しかし、その翌日、僕は片手にシンナー袋を持ち、ラリっていた。出院祝いで友達からシンナーをもらい、みんなと思い出話をした。やっぱり僕は、変わらなかった。少年院でのきつさを忘れたのか、解放された反動なのか、犯罪行為にまた手を染めるようになった。

この頃になると、嘘だと思うだろうが「あと一回くらい少年院に行ってもいいかな」と思うようになり始めた。周りの友達がまだ悪さをしていたこともあり、一回少年院に入ったくらいで真面目になったと思われたくなかったのだ。「次に捕まったら更生しよう」と決めた。

待っていた彼女や母のことなど何も考えず、また悪い道へ自ら進んでいた。楽をしてお金を稼ぐためにひったくりをし、バイクを盗んでは暴走行為をし、体には刺青も入れた。「自分の人生だから自分の好きなように生きる」と、身勝手な考えを持ち、以前にもまして人としての心を失っていった。

そして少年院を出て半年後、共同危険行為とひったくりで逮捕された。あれだけ好き勝手やっていれば当然といえば当然だが、自分で「あと一回少年院に入って更生する」と思っていたから、これを期に自分と向き合おうと決めた。

留置所の二十日間の拘留はやっぱりきつかった。鑑別所は二回目だったこともありきついとは思わなかった。覚悟はできていた。最後は特別少年院に行きたいと思っていたので、

「特別少年院に行きたいです」と言うと、鑑別所の教官はびっくりしていた。そして一ヵ月の鑑別所生活もあっという間に終わり、審判の日がやってきた。

前回と同じように僕の地元の裁判所まで連れていかれた。地元に入ると懐かしさを感じながらも、また一年帰って来れないんだろうなとその時ばかりは後悔した。審判結果は中等少年院送致。また違う少年院に送られた。

少年院の生活も要領は分かっているのできついとは感じなかったし、いじめや上下関係は全くなかった。それでもこの一年を無駄に過ごしては、待ってくれている大切な人たちをまた裏切る事になるので、今後は出てから非行に走らないようにどうすればいいか、真剣に取り組んだ。

以前は考えなかった被害者のことも考えるようになった。少年院では、壁に向かって一人で内省する時間がある。自分のしてしまったことを振り返っていく。自分のせいで自転車からこけた人の姿、大声で叫ぶ人の声なども耳に残っている。もし、自分が、あるいは、自分の家族が逆の立場でやられたことを考えたら、本当に申し訳ないことをしたと心から思った。

二回目の少年院なのに、それでも母は僕のことを見捨てず定期的に面会にも来てくれた。手紙にも僕への心配ばかりを書いていて、自分の苦労などは一切僕には言わなかった。

こんなに迷惑をかけたのに、僕の帰りを一日も早くと願っている母の思いが伝わった。少年院では真面目に生活した。教官に対しても偽りなく正直な気持ちをぶつけ、本気で変わるために自分と向き合った。そしてついに社会復帰の日が来た。
僕は新たな人生の一歩を踏み出した。

これ以上悲しむ人が増えないように

あれから八年の月日が経ち、僕も今年で二十六歳になります。今考えると、十代の頃は社会全てが敵で、親さえも信用していなかったけど、捕まって初めて親のありがたさに気付くことができました。あれだけ迷惑をかけたのに一度も見捨てずに僕と本気でぶつかってくれた母をはじめ、僕が立ち直ることができたのは多くの周りの支えがあったからだと思います。

非行に走る理由は人それぞれだと思います。僕の場合は誰のせいでもなく、自分に対して甘かったから、楽な方ばかりに逃げてきた結果が四度の逮捕につながりました。でも、自分が決めた人生だし後戻りはできないから後悔はしていません。楽をしてきた分、今、苦労をしながら頑張っています。

少年院に入ったおかげで礼儀作法を学び、周りからは「字が綺麗やね」と誉められることがあります。資格も八個持っているので、自分が周りより劣っていると思ったこともありません。少年院を経験したからこそ、少々のことではへこまない自分になれたと思います。

でも、少年院に入らなくても変われるきっかけはたくさんあったのです。自分が気付いていないだけで、周りは手を差し伸べてくれていました。僕の周りにこれ以上悲しむ人が増えないよう、経験者として、自分にできることをしていきたいし、若い人たちに伝えたり、いっしょに考えたりしていきたいと思っています。

「ゲット ア ライフ」

誰でも変われるチャンスを持っている

リョウ

弟の死、親の虐待

僕は、岐阜県で生を受け、父親、母親、弟、と初めは四人家族で、他の家庭と比べると少しいわくつきの家族構成でした。父の仕事は、表向きにはしがないテキ屋のおやっさんでした。でも蓋を開けると、世の中から嫌われる極道でした。母は、表向き若くて品の良さそうなふりをしていたけど、中身は夜の世界で生きる風俗嬢でした。

僕の小さい頃の記憶の中で幸せだったと思えるのは、最愛の弟ができた時と、後に生まれてくる妹の存在だと思います。僕自身の歯車が狂い始めたのは、その最愛の弟が亡くなったことに始まります。

弟の死はあっけないものでした。両親が昼間から酒を飲み、そのまま僕と弟を家の中に放置してパンチンコ屋に出かけて行きました。弟は、まだ一歳半で寝返りをうつこともできない状態でした。もしかしたら、世間一般ではこのくらいの歳ならそれなりに寝返りができるのかもしれませんが、両親は子どもの育児を放棄していたので、寝返りのできない弟はうつ伏せ状態になり、両親が帰ってくるまで誰にも気付かれず放置され、窒息死で亡くなりました。

僕もまだ幼く、記憶の中の一部でしかないけれど、弟が死んだことだけは実感していました。そこから、両親にも何かが変わったのか、高圧的になっていき、妹が生まれてくる数ヵ月前から僕は暴力を受けるようになっていきました。一番ひどく受けたのは、妹が生まれてからでした。妹は両親からたくさん愛情を受け、僕は毎日、父と母からの暴力に怯えていました。何もできない、何も言えない中で、唯一の安らぎは、妹の愛くるしい笑顔を見ていることだけでした。

両親が仕事からイライラして帰ってきた日には殴られ蹴られの日々で、生きていても意味がないと思う毎日でした。逃げることもできず、自分は親のストレス発散の道具なんだと自己暗示し続けていました。毎日の暴力に加えて、食事が貰えなかったりと、日に日に虐待もエスカレートしていき、ついには顎が裂傷するまでの暴力を受けたりしました。自分の中がどんどん壊れていき、何をされても抵抗せず、どんな痛みがあってもされるがままにしていようという気持ちしか持てなくなりました。

外に出た時などには、周囲の大人たちに「虐待されてない？」とか「大丈夫？」とか言われたり、警察に保護されそうになったりもしたのですが、やはり、ひどい親だと認めることができず、「いい親だ」としか言えずにいました。その時に誰かにＳＯＳを発信していたらよかったのですが、どんなにひどい仕打ちを受けても、その頃は親をまだ少し好きなのでした。

「生きてていい」

親から捨てられる出来事が、四歳の頃にありました。妹と家で留守番をしていた時です。妹の手が仏壇に当たってしまって、その火が押入れに入ってしまい灯油に引火して火事になってしまったことです。

両親はパチンコ屋に行っていて不在で、みるみるうちに燃えていき、消防車がくるまでにほとんどが燃えていき、逃げ場もありませんでした。そんな中、僕の心の奥では、これだけ強い炎で燃えている中なら、いっそのこと楽に死ねるんじゃないんだろうかと思ったり、ずっと虐待を受けるくらいならここで死のうと思ったりしました。妹だけは生かそうと思って、助けに来た消防士さんに連れて行ってもらいました。

その後、僕も救助されるのですが、駄々をこねて、「助かりたくない」、「ここで死にたい」、「生きている価値はないんだ」と叫んでいました。この世で助かっても、助かった日からまた地獄のような日々の繰り返しにしかならないと思っていたからでした。でもその時、消防士さんは、「生きていい、生きていてはいけないなんてことは誰かが決めていいことなんかじゃない！　君は生きていていいんだよ。死んで喜ぶ人は誰一人としていない！」と言ったのです。そこで初めて、「僕は生きててもいいんだ」と思えるようになったのです。この出来事が原因で、親の日頃の虐待やネグレクトが警察や児童相談所に知れわたり、僕は児童相談所に保護されることとなりました。妹は、両親の元で生活することができていました。

保護されても僕はいっさい心を開くこともなく、話をすることさえありませんでした。そんな日々が続く中、児童相談所の担当と一緒に、両親と面会をしました。そこで親から言われた言葉は、「お前みたいな子ども、産まんけりゃあ良かったわ！　疫病神なんざ、あん時に焼け死ねばこんなことにならんで済んだのによぅ、なんでこんな出来損ないに人生壊されなかかんのだわ！」。

正直、「ここまで嫌われとったんか」って思いました。「なら、なんで産んだんじゃ！」って言ったら、「気分だわ！」と返されて、初めて親に反抗して、本を投げつけたり物を投げ飛ばしたりしました。文句など言ったことがなかったのに、その時は、「お前ら！ いつか必ず俺の手で殺してやるでな！ それまで待っとれや！ 人生滅茶苦茶にしたるでよぅ！」と言ってました。

それ以降は面会もなく、僕を入れた話し合いもなくなり、大人たちだけで話が決まり、とうとう両親から捨てられる日がきました。僕は、児童養護施設に人所する事になったのです。

施設の生活

施設に入ってからは、周りの人たちがものすごく怖くて、生意気だという理由でシバかれていました。毎日そういうことが続きいやになる日もありましたが、先輩たちに言われたのが、「やられるのがいやならお前も強くなれ！」の一言でした。

そこから負けると分かっていても生意気に年上に向かっていったりもしました。

小学生になった頃、それなりに友達もできたのですが、一つのきっかけで一人ぼっちになる出来事がありました。小学校三年生の頃に、幼馴染に親の素性と僕の過去を校内でばらされたのです。そのことが元で、言いふらした子の太腿を護身用のナイフで刺したのです。僕は児童相談所に一定期間預けられ、保護期間が終わって戻ったのですが、学校では誰も口を聞いてくれなくなりました。イライラしては周囲に八つ当たりをしたり、暴力で支配しようとしたりしていきました。

そんなことが小学校を卒業するまで続きました。施設で注意をしてくる大人や年上に対しても、力ずくで黙らせたり怪我をさせて何も言えないように怖がらせたり、まるで狂ったように力に固執していきました。いつの間にか誰からも信用されることのない、怖いだけの暗いイメージの存在に自分で自分を作り上げていきました。

そんな中で、養護施設の園長先生に釘を刺されるようにこう言われました。「リョウも他の先輩たちのように、キツイ施設に送られたり、社会から遠ざかった場所に入りたいのか！」と。正直このままではまずいと思い、形だけではあったけど、園長先生の言うことを聞き入れ、いい子を演じて職員を安心させ、裏では暴力と言葉の威圧で相手を黙らせていました。そんな生活を続けていくなかで、とうとうリーチがきました。園長先生との話し合いで、最終的には自分で決断をして児童自立支援施設に入る事を決心しました。「少しでも変わって帰ってこよう」と決めました。

でも最初は、生半可な気持ちでした。「どうせ一年も入っていれば出してくれるはずだ」と気楽に考えていました。でも、入った初日に丸坊主にされ、ジャージ生活が始まり一日の生活が時間で細かく決められました。何をするにも許可が必要で、最初は反発するばかりでした。

でもこの児童自立支援施設での生活は、規則は厳しかったけれど、音楽が部屋で聞けたり他の子と話す事ができたり、ビデオを見ることができたりの自由もありました。月に一度、施設の近くの文房具店やスーパーに行けました。職員引率での買い物ですが、スーパーでは五百円分のお菓子を買うことができ、文房具店では五百円、または菓子を買わなければ千円分使うことができました。みんな悩みながら買い物をしました。

ここでは、精神を鍛え忍耐力をつけさせるために、野球や陸上や剣道のプログラムがありました。強制でやらなければなりません。ただ疲れるだけと思い初めはいやいややっていました。一年二年と過ぎていくうちに楽しくなって、いやだと思っていたことが嘘のようにも感じました。施設を退所する直前になったら、出ることが不安になったり喜んだりと、なんとも言えない気分でした。

児童自立支援施設を出る頃には、地元の中学校で卒業式をしたいという気持ちが強くなってきました。しかしこの施設を出る時には、就職先を決めて出るか、満期で出るか、高校進学かの三つの選択肢しかありません。この中で、地元の中学校での卒業式に出られるのは、日程から、就職を選ぶという選択肢だけです。そして、僕が地元に戻るには以前生活していた児童養護施設に戻らなくてはなりません。しかし、養護施設にいた時にさんざんやってきたこともあって、施設の職員からも地域の人からも、僕が帰ることに拒否をされていました。

そんな中で、唯一、「地元に戻してやる」と言ってくれたのが養護施設の園長先生でした。地域の親御さんや施設の職員やＰＴＡや教育委員会にまで頭を下げて、「俺が責任を持って面倒を見るのでお願いします」と言ってくれました。こうして園長先生に救ってもらって、地元に戻ることができ、中学校で卒業式を迎えることもできました。

中学を卒業した僕は、養護施設も卒業です。少しでも人に誇れるような真っ当な人生を送っていこうという決意のもと、約十一年間お世話になった養護施設を卒園しました。それまで両親を恨みながら生活をしてきましたが、その頃には、かつての憎しみや恨みがなくなり、人それぞれの生き方がある、という考えの方が強くなっていきました。

またくるってしまう歯車

小さい頃から育った児童養護施設を退所してからは、祖父に引き取られました。十五歳でした。職業訓練校の左官工のコースに入りました。始めは順調だったのですが、技能検定で不合格になった時からまた歯車が狂い始めました。無断欠席、喫煙、飲酒、無免許運転を繰り返し退学処分に。その後はだらだらとした生活が長く続いていきました。就職探しもせず、お金もない状態。遊ぶために祖父の財布から何万円も抜き取ったりしはじめました。徐々にエスカレートしていき、クレジットカードや通帳から勝手に現金を下ろしたりなどを繰り返していくうちに、祖父の堪忍袋も切れて、家を追い出される羽目になってしまいました。マンガ喫茶に行ったり、ビジネスホテルに泊まったりと転々とした生活を送っていたけれど、祖父からとったお金もつきてしまいました。

そんなとき、たまたま公園で草刈りをしている現場仕事の人たちに会いました。そばにトラックが止まっていて、車中を見たらブランド品の分厚い鞄があるのを見つけ、鞄を取り一目散に走って逃げました。鞄の中身を確認したら、三百五十万円の大金が入っていました。始めは驚いて「返さんとヤバイ」っていう気持ちが強かったけど、「返す必要なんかあれせんやん！」と思う気持ちの方が強くなっていきました。

こうして大金を得たことに味を占めて、気づいた頃にはかなりの常習犯になっていました。入り込む場所も無差別になり、ある日、警察からの呼び出しをうけ、今までやってきたことが露見して逮捕されました。一度目は保護観察処分になったのですが、また同じことをして逮捕されました。鑑別所の中で審判の日を待っているときも、安易な気持ちで「また社会に解き放ってくれるだろうなぁ〜、また自由の身になれるやろう！」としか思っていませんでした。

少年院へ

審判の結果は、中等少年院送致。初めて今までしてきた罪の重さを感じた瞬間でもありました。でもそんな罪の意識もその瞬間だけで、それよりも裁判官や家庭裁判所の調査官を恨んで暴言を吐いていました。少年院に送致されるまでの間はほぼ無気力状態で、その日を待っていました。

少年院に移って早々、若い法務教官に注意されてイラっとした僕は、「こら！　クソガキ、誰に物言いよんじゃ！　潰すぞ！」って言い返しました。それと同時に「調査」と言われ、一週間の単独室での内省という処分を下され、一ヵ月出院が延びる結果となりました。こうして、少年院生活が始まっていきました。

少年院の中では、行動するのに一つ一つ許可が必要でした。トイレに行くだけでも許可が必要ってことには抵抗もあり、驚きでもありました。特に驚いたことと言えば、真冬だろうと関係なく乾布摩擦をやらされたり、真冬にも関わらずパジャマの中に肌着を着れないことには違和感があって、慣れるのに二ヵ月かかりました。また、軍隊のような行進などで訓練をしていることにも少しばかり驚きました。こんなもんやって社会に出た時に役に立つのか？　覚える意味があるのか？　と疑問に思いつつ生活をしていました。

そんな日々にもだいぶ慣れ、特に問題を起こすこともなく、マイペースに生活をすることができました。花壇や枯れ葉の清掃や剪定、院外付近の剪定作業には安らぎを感じました。そして、「社会に出てからもしっかりやっていく」と誓って、少年院を仮退院しました。

出院して、また失敗したけど

少年院を出てから、セカンドチャンス！名古屋の代表をしていたTさんと出会い、交流することができました。その時、Tさんやいろいろな人が、「困ったらいつでも言って」

と声をかけてくれたにも関わらず、「誰かに悩みを話すなんて恥だ！」、「誰にも頼らずにやってけんかったら、クズやん」と思い込んでいたのです。結局、生活費や生活する場所に困り果て、少年院に入る前と同じ過ちを犯してしまいました。成人になってすぐのことです。Tさんからは、すごく悲しまれ「困ったらちゃんと言ってほしかった」と言われました。この時、「相談することが恥じゃなくて、相談しないことが恥なんやな」と気づかされました。

裁判ではなんとか執行猶予で社会に出る事ができ、その時に改めて「再出発をしていこう！」と思いました。その後、知り合いや地元の先輩に頼ったりしながら二十二歳まで現場仕事をしていました。

セカンドチャンス！の仲間の中には、福祉の仕事をしている人が何人かいます。そんなこともきっかけで、福祉の仕事に転職してみようと思うようになり、その世界に飛び込んだのです。現場仕事をしている頃は、福祉の仕事をしている人は変わり者だくらいにしか思っていませんでしたが、実際に就いてみると、全然そうではありません。自分にとって初めての分野。てんやわんやしながらも必死で仕事を覚えようという気持ちでした。体力面で疲れる事は一切ありませんでしたが、その反面、精神的に疲れていってしまいました。いろいろなことを抱え込みすぎて耐え切れなくなり、またもや退職をしてしまい、いやなことから逃げ出すようになってしまいました。その結果、自分がいやになって酒に溺れたりして現実逃避をしまくっていました。

本心では傷つきたくないと思う自分がいて、なかなか前に進んでいけないのです。とても悩みました。でも、またいつか、福祉の仕事に戻れるように、メンタルを鍛えて一からやり直そうと思っています。そんなふうに考えられるようになったのも、セカンドチャンス！との出会いが大きいと思っています。合同交流会や合宿で、他の地域の仲間やサポーターと出会い、そこで、僕の中で周囲に壁を作ってきた何かがゆっくりとなくなったことです。いろんな人とのつながりによって、自分の狭かった思考が大きく変わったと思います。

仲間と笑いながら、運動をしたりご飯を食べたり、他愛ない会話をしたりするうちに考え方も変わっていき、セカンドチャンス！という場所が家族以上に友達以上に、心安らぐ場所になってます。

誰でも変われる

今、僕のそばには一人の女性がいます。こんな自分だったので、何度も心配させたり泣かせてしまったり、不安にさせたり困らせたりすることもたくさんありました。でも、どんな時でもそばにいてくれて、頼りになる人です。「どんな奴でも、どんなに寂しくても、そばにいる人で変わる。そばにいてくれる人や家族は大事、大切にしないといけないな」って気づかされました。

今でこそこんな事を言うようになりましたが、ここに書いてきたように、ここまでにはずいぶん時間がかかりました。もちろん、最初からこんな考え方に切り替われればいいのだけど、そんなことは、なかなかできる事でもないのです。

でも、誰でも、変われるチャンスは持ってるんだと思いました。社会が見捨てても、レッテル張られても、傷ついても、セカンドチャンス！の仲間は、手を差し伸べてくれます。なんせ、こんな俺でも変われたんやから！

牧師をめざして

原田　選主

どうせ俺は

僕は今、牧師を目指して神学校に通って、毎日聖書について学んでいます。なぜ牧師になりたいと思ったか、それは、今までに三度逮捕され二度少年院に入ったことが、大きくかかわっています。そのことをこれからお話しします。

僕には二人の兄と三人の妹がいて、僕を含め六人兄弟で育ちました。二人の兄は子どもの頃から野球をやっていて、僕もその影響を受け、小学校、中学校と野球をやっていました。二人の兄は野球もすごくうまく、勉強もできて完璧でした。それに比べて、僕は野球もあまりうまくなく、勉強なんかは全然ダメでした。そしてそのうち、友達からは、「お前、家族の中で失敗作だな」と言われるようになりました。初めは僕自身もそれに対して冗談で返したりなどしていたのですが、友達から何度もそういう事を言われるにつれ、僕の中には、何かがあるとすぐに、

「どうせ俺は……」とか、「俺はどうせいらないんだ」

と思うようになりました。

家に帰れば僕とは真逆の兄がいて、家の中でも家族に気を遣っていて、自分には居場所がないと思うようになり、学校に行けば「失敗作」と言われる。僕の中にストレスがたまっていきました。

見つけた居場所は

そんな行き場がなくなった僕が見つけた居場所は、不良仲間でした。不良仲間の世界は、悪い事をやればやるほど、僕の事を認めてくれました。不良友達のために何かすればするほど、仲間は僕を必要としてくれました。当時の僕は感情のコントロールができず、ささいなことでキレては暴力をふるったりしていました。それがあたり前の日常になっていま

した。

そして、気付いたら僕は手錠をかけられ、それから数ヵ月経ってから少年院にまで入っていました。罪状は窃盗でした。

半年間、少年院で生活を送りましたが、この時は反省ではなく、後悔ばかりしていました。この少年院の中では、体育や実科の農耕科等は、自分で言うのも恥ずかしいのですが、僕なりにすごく頑張ってやっていました。でも今思えば、その全てが、更生するためではなく自己満足であり、人のためではなく自分のためにやっていたのだと思います。


そんな僕ですから、少年院を出ても、すぐに生活は戻って、逮捕前と同じような日々を送るようになりました。覚せい剤の譲渡、窃盗や無免許運転など、いろいろな非行を繰り返していました。そして少年院を出て一年くらい経ってから、二度目の少年院生活を送る事になりました。十八歳の時です。二度目の少年院に入ったのが七月頃だったので、少年院の鉄格子越しに見た花火は今でも忘れません。

この少年院に入って間もなく、担任の先生と面談をした時のことです。父親と同じくらいの年齢の先生でした。その話の最後に、笑って「緊張する?」と聞いてきて僕の頭をポンポンと軽くなでるように手でたたいてくれました。一回目の少年院の先生は、いかにも仕事として接してくるだけの感じで、雑談もなければ心の交流もまったくなかったので、このことがとてもうれしく暖かさが伝わりました。先生は、その後も、少年院内でも感情のコントロールができない僕に、「何でかな?」「逆の立場だったらどうか?」と何度も問いかけてきました。「こんな僕のことを本気で考えてくれてる」と思いました。先生の優しさやあたたかい言葉に、だんだん落ち着いてきたからか、さすがに僕なりに感じるものがあり、一生懸命後悔して、一生懸命反省しました。

一つの言葉に出会う

小さい頃、両親に連れられて近くの教会に行きました。教会に行く日は、ワクワクする楽しい思い出でした。初めて留置所に入った時、聖書が読みたくなりました。一回目の少年院でも、二回目の少年院でも聖書が読みたくてしようがない気持ちになりました。そして、母に手紙で「聖書が読みたい」と伝えて、聖書を差し入れてもらい読んでいました。

その中で一つの言葉が目に入りました。それは、

「私の目にあなたは高価で尊い。私はあなたを愛している」

この言葉を読んだ時に、「こんな俺の事を愛している」と、「高価で尊いと言ってくれる」、

イエス様ごめんなさい、という気持ちでいっぱいになりました。同時に、母に対しても申し訳ない気持ちでいっぱいになり、涙を流しました。

そして、母親から手紙が届き、そこには僕をかわいがってくれた、母方のおじいちゃんが肺癌で亡くなったと書いてありました。衝撃を受けました。

……僕一人だけお葬式にも行けず、鉄格子の中にいるだけ……

牧師になろう！

その時、僕の中には後悔と自分に対しての情けなさしかありませんでした。涙が止まりませんでした。でも、次に出てきたのは「やっぱり牧師になろう！」という想いでした。これが人生で、初めてできた僕の夢でした。

実は聖書を読み始めた時から、人の心を変える牧師というものに興味があったのです。でもその時は、「どうせ俺なんかは無理だ」と思いました。その後も「牧師になりたい」と思ったり、また、「自分には無理だ」と思ったりを何度も繰り返していました。

ところが、二回目の少年院での心底の反省と後悔、そして、大好きなおじいちゃんの死に目にも会えなかった、この二つの出来事が僕を変えたのです。

僕は初めて夢ができ、そして「絶対に更生しよう」、いや、「更生しないとダメだ」と決意しました。そして二度目の少年院を出て、約一年後、念願の牧師を目指して神学校に入学しました。

二度目の少年院で、絵はがきを出す機会がありました。絵はがきには、ちょうど僕が生活していた寮の隣に大きな桜が咲いていたので、その桜を書くことにしました。

しかしどの方向から見ても、いつ見ても、桜の全体を見ることができません。桜の間には必ず鉄格子の棒があり、せっかくの大きくて、立派な桜の木なのに、全体を見ることができないのです。全体像をイメージして書くしかありませんでした。夏の時期には、近くの公園で立派な花火が上がるのに、それもまた、全体を見る事ができません。

あの鉄格子越しに見た花火や桜を忘れることはないでしょう。

今振り返ると、昔の自分はどれほど価値観がずれていたのかがわかります。被害者の方々には、本当にひどいことをしてしまったと後悔しかありません。

今、少年院に入ったことを後悔はしていません。

僕は少年院の中で聖書を読み、そして、母の思いや周りの支えがあり、救われ、更生しようと思えたからです。

神学校を卒業したら、まずは、子どもや学生を担当する牧師になる予定です。今もかつての不良仲間を教会に誘ったりしていますが、これからは、更生支援の活動に力を入れたいし、子どもが好きな自分にも気付いたので、保育園児や小学生にかかわるボランティアもやっていきたいと思っています。

命の重み

城戸 雄光

「力がすべて」と思った瞬間

自分の父は、いたって普通のサラリーマン、母は専業主婦、二つ上の兄と十コ下の弟、家庭に問題は一つもない。小学生の頃は、爺ちゃんの家で一緒に生活していた。爺ちゃんは昔ながらの人間で、ケンカをして泣いて帰ろうもんなら「お前、なん泣いて帰って来ようとか、やり返してこんか」と、よく怒られた。

そんな事も関係したのかどうかよくわからないが、小学校生活はガキ大将気取りで威張っていた。ケンカに負けたこともあったが、しょっちゅうケンカをしていたので文句を言ってくる奴もいなくなった。

そんな小学校五年生のある日、予想だにしない事が起きた。突然クラスのみんなが俺を無視し始めた。突然の事だったのでとてもつらかった。そんな日々が一ヵ月程続いただろうか、俺の中でもいろいろな葛藤があった。こんな奴らに、媚《こ》びへつらいご機嫌をとらなくてはいけないのかと、さんざん威張ってきただけに、とてもつらく悩んだ日々だった。

　ある昼休み時間、給食の配膳室でクラスの奴らにバッタリ出会った。その中でもリーダー格の二人が「行こうぜ」と言い、みんなを引き連れて出ていこうとした。その態度を見た瞬間、俺の我慢も限界を超えた。気が付いたら「お前ら調子のんのも大概にせろよ」と言って、その二人を殴っていた。大勢いたのですぐに止められたが、帰りがけにそのリーダー格の二人が媚びを売ってきた。やっと無視が終わるという安心感で、とても複雑な気持ちになった。その時、「喧嘩が強い奴が一番、力がすべてやな」と思った。

　中学生になると、その時代、とてもヤンキーが流行っていたし、とてもモテた。根本的に目立ちたがり屋だったし、気の強い性格だったので、気が付けばそんな感じの友達ばっかりになっていた。

「暴走族になろう!」と

そんなある日の昼休み、地元の暴走族が中学校に単車でパレードに来た。学校中の女の子が声援を上げているんじゃないかと思うくらいヒーロー感が半端じゃなかった。その時「暴走族カッコイイ！　暴走族になろう」と強く思ったことは間違いない。

中学生頃の俺は物事の善悪を判断するのに乏しく、ただ楽しい面白い事が優先で、嫌いなこと面倒くさいことから目を背ける、そんな感じだったので、タバコ、シンナー、マリファナ、単車、楽しそうなことにはすべて手を出していった。当然ながら、中学校を卒業後は暴走族に入った。

俺が入った暴走族は、県内で一番と言っていいほど大きなチームだったので、いっきに数え切れないほどの仲間ができた。毎日寝るのがもったいないと思えるほど遊びが楽しく、忙しい日々を過ごした。仕事は少しやってすぐやめる、の繰り返しだった。

そんな日々を過ごしていたから当然のことだが、十七歳の夏、警察が逮捕状を持って来た。一番楽しかったはずの十七歳の夏を奪われて腹が立って仕方がなかった。反省なんて全くしなかった。鑑別所の中では、ずっと出てから造る単車のカラーを考えていた。夏が終ったころ保護観察処分で出所し家に戻った。

夏を取り戻そうと今まで以上に遊んだ。そんな中、ついに親父の堪忍袋の緒が切れた。大喧嘩になったのだ。悪いのは完全に俺の方だったが、頭を下げなかったのだ。「出ていけ」

と言われ、「上等たい」と言い返し、出ていきざまに家のガラスを割って行った。

たしかにその頃、たまり場と呼ばれる家はいっぱいあったが、そんなところで寝泊まりはしたくなかった。運がいいことに一度働いたことがある清掃会社に電話をかけてみると、社宅もあるし戻って来てもいいとのことだったので、ありがたく戻らせてもらった。今まで家に帰ると親が当たり前にしてくれていた炊事、洗濯、掃除。これらのことを当然のことだが、自分で全てやらなければいけなくなった。それまで、甘えてぐうたらな生活を送っていたので、とても大変だったし、それ以上に親に感謝の気持ちでいっぱいになった。

今思い返すと、あの時の生活もなかなか悲惨だった。生活費のことも考えず生活を送っていたからだ。給料日にパチンコで十万円以上負けたりすることもたびたびあった。夜ご飯はカップラーメンや、ご飯に塩・ふりかけ・マーガリン・醤油・たまご・納豆。だいたいこれのローテーションだった。

たまに単車や車で暴走行為をしていたが、その頃にはもう暴走族OBになっていた。走りに行くとOB気取りでいきがっていたぐらいだ。それが仇になったのか、調子に乗っている俺は、交番に発煙筒を投げ入れたり、サイレンと回転灯で覆面パトカーの真似をしたりした。

やはりバレて二度目の逮捕となった。

反省してないままに

しかし、反省なんてしていなかった。少年院に行くことになるだろうと腹は決まっていたつもりだったが、不安や悲しみがあったのだろう、留置場に母と爺ちゃんが面会に来た。近くにいるのに遠い存在の二人。泣いている母と怒っている爺ちゃんを前にしたとき、思わず声に出てしまった。「マジちゃんとするけん、弁護士たてちゃらんかいな」。すぐに爺ちゃんから言葉が返ってきた。「お前、そげな金どこにあるとや。行ってきやい」。爺ちゃんらしい言葉だった。厳しかった爺ちゃんを思い出した。なんかスッキリして笑いが出た。

審判の結果は、やはり中等少年院送致だった。予想していたので驚きはなかった。そして、遠方のA少年院に行くことが決まった。忘れもしない平成七年一月十七日だ、その日の朝、先生が延期になったと言ってきた。昼になりテレビでは地震のニュースが流れてきた。あの阪神大震災のニュースだった。その頃、親は兵庫県に住んでいた。しかし、この地震のせいで延期になったのかと思う程度で、被害についての実感はなかった。

次の日出発となった。行き先は空港だった。国内線ロビーで、腰縄に手錠という姿だ。恥ずかしくて顔をあげられなかった。一番後ろの席に座った。到着した空港に迎えに来たA少年院の先生はとても面白く思えた。その思いは少年院到着直後、怒声と共に崩された。それと同時に、これから始まる少年院の生活を考えると、絶望しかなかった。反省なんてしてないのに、反省文を書かされる毎日にうんざりしていた。

これから、新しい生活へ

そんな俺だが、「保護司になりたい」と思ったことがあった。俺の保護司は毎月一回、月初めに必ずコーラを持って面会に来てくれていた。お茶しか飲めない少年院でのコーラは、とても喉にしみて美味しかった。それだけでも嬉しかったのだが、もっと心にしみた出来事があった。

俺の誕生日の九月、いつも通り月初めに来てくれた保護司は、話の中で今月が二十歳の誕生日を迎えることを知った。すると、その保護司が、誕生日当日にまた来てくれたのだ。「なんて優しい人間だ、俺もこんな優しい保護司になりたい」、素直にそう思った。

その思いのまま、少年院の先生に「出院したら保護司になりたいです」と言った。すると先生は「アホか！　保護司はなあ、金と時間に余裕がある人間じゃないとなれんのや」と一喝された。しかし、それもそうやなと思ったので、部屋に戻り少し考えてもう一度先生の所に行った。

「それもそうですね。じゃあ不動産屋になります」

しかし、またもや一喝された。

「お前ええかげんにせいよ。もっと真剣に将来のこと考ええよ」

ここで俺の保護司の夢は終った。結局、反省なんてせずに生活を送っていたこともあり、調査に上がり一ヵ月以上も出院が伸びてしまった。成人式にも出られなかったし、もうどうでもよかった。「早く地元に帰りたい」ただそれだけだった。その思いのまま、仮退院した。

半年間の保護観察がつき、両親が住んでいる実家での生活が始まった。

仕事をしなくてはいけないので、焼き鳥屋に面接に行った時の事だった。

「真面目に働くので半年間働かせてもらえませんか？」

「何で半年なんや？」

「地元に帰りたいんですが、この前少年院から出てきて、保護観察中は親元にいなくてはいけないんで、保護観察が切れるまでの半年間です」

「お前、正直やなあ、よっしゃ！　明日から来い」

こんな感じですんなり面接に受かった。とても働きやすい職場でとても楽しかった。ありがたいことにバイトなのに社員旅行でハワイに連れていってもらったり、「ここに残って社員になれ」とも言ってくれた。しかし、地元に帰る意志は変わらなかった。

そしてまた地元で、最低の日々へと

半年たって地元に帰ると、捕まる時に働いていた会社が当たり前のように迎え入れてくれた。少し経った頃、先輩が独立するので、一緒に会社を出たのだが、しょうもないことが原因で口論になり、先輩の会社を辞めてしまった。そこから階段を転げ落ちていった。覚せい剤に手を出してしまったのが一番の過ちだった。覚せい剤をやっている友人にこう言ってしまった、「俺にもやらせろ」。興味本位、一回だけ、こんな軽い言葉では取り返しのつかないことをしてしまったと今は思う。最低な日々が始まった。盗み、恐喝、覚せい剤、このサイクルから抜け出せなくなった。覚せい剤以上に優先することなんて何もない。本物の最低の人間になった。思い出したくもない。

こんな最低な俺なのに、中学生の頃からの友人たちは心配してくれて、何度となく連絡をしてきた。ありがたかった。まさか、軽い気持ち、興味本位で、一回だけやってみようと思い手を出してしまっただけなのに、こんなにハマってしまうなんて……。「俺だけは違う、やめよう思えばいつでもやめられる」、ずっとそう思っていたが、覚せい剤はそんな甘いものじゃなかった。気に掛けて連絡をしてきてくれる友人には「もうやめた」と嘘をつき、しつこく連絡をして来る友人の電話には出なくなった。

やがて誰にも相手にされなくなり、ガリガリに痩せ、誰が見ても覚せい剤中毒者のようになった。何度も死のうと思ったがそれ以上に覚せい剤をしたくてたまらなかった。家賃が滞納し、電気・ガス・水道の全てが止まった。車のガソリンもなくなり、本当に身動きが取れなくなった。そんなある日、空腹で目を覚ました。食料なんてあるわけがなかった。財布を開くと、たった三円と覚せい剤しか入っていなかった。覚せい剤をしたことは覚えているが、その後のことは全く憶えていない。分かっていることは、朝に逮捕されたということだけだ。

一回目なので執行猶予で出れる、それぐらいしか考えていなかった。出所の日は先輩が迎えに来てくれた。しかも覚せい剤を持って……。嬉しかった。反省ではなく「もう、へたはうたれん（へたなことなしない）」と思った。なんら変わりなく、ただ用心深くなっただけだった。また捕まるのは当然のことだ。

その日は、繁華街で酒を飲み、車に乗り込み、若者たちが集まる別の場所に移動。お酒を飲んでいたので調子に乗っていたこともあり、無茶苦茶な運転をしていたらパトカーに遭遇した。停止を命じられたが、止まれるわけがない。さっきまで酒を飲んでいたからだ。パトカーを撒くつもりだったが、その日に限ってまさか前方の車が急にUターンしてきた。よけきれず、衝突してしまった。気付いたら車を置いて走って逃げていた。

追われていたパトカーには、顔見知りの警察官が乗っていて、追われている最中に何度も「止まれ！」と自分の名前をマイクで呼ばれていた。次の日、連絡を入れて出頭した。しかし連絡を入れる前に逮捕状が作られていたようで、まさかの逮捕だった。いっきに目の前が真っ暗になった。すでに執行猶予が付いていたので「これで終わりだ……」と諦めたのだが、予想外に略式起訴で罰金で出ることができた。

家族の力に支えられ

そんな俺を、兄は、地元に帰ってからずっと黙って見ていた。しかし、さすがに今回は黙っていなかった。それまで住んでいたアパートが解約され、荷物は全て捨てられた。持っていたのは小さな紙袋にジーパンと洋服が二枚程度だけだった。

これでお金も車も家も何もない。こんなはずじゃなかった、悔しくてしょうがなかったが、兄には何も言い返せなかった。そして、兄との生活が始まった。仕事をして、寝てまた仕事に行く。普通のことだが、食事と寝るところがあるこの普通が、とてもありがたかった。とはいえ、最初の三ヵ月ほどは「お前に金をやってもろくなことに使わんけん」と、給料は三万円しか貰えない。その当時はムカついていたが、その期間に覚せい剤をやめられたことは間違いないのだ。

それまで何度となく覚せい剤をやめようとしたが無理だった。汗水流して働くことにただただ疲れ、覚せい剤のことを考える暇がなかった。その上、家に帰れば兄との生活があった。覚せい剤は決意だけではやめられない。誰かの力がないとやめられない、と実感した。それから半年ほど経った頃、親が転勤で福岡に戻って来たので、実家に世話になった。仕事にも身体が慣れてきて、少しずつ仕事を覚えていっていることが楽しくなり、給料も少しずつ上がっていった。

そんな時だった。あんなに元気だった母が、くも膜下出血で倒れた。意識が戻らない日が続いた。まだ一度も親孝行なんてしたことがない自分自身に腹が立った。申しわけない気持ちでいっぱいだった。中学生の頃から、母のことは「ばばぁ」か「おい」としか呼んだことがなかったが、その時は母の手を握り「お母さんごめんね、起きてよ」と、毎日何度も言った。しかし、数日後母は亡くなった。

それからは仕事に没頭した。皆より落ち着くのが遅く、スタートが遅れた分、日曜日のほとんどを仕事に費やした。その頃には、職長として現場を任せてもらっていて、自然と自分の中で「独立」という目標ができていた。

親になるということ

こんな俺にも彼女ができた。お金はなかった。ブラックリストにも載っていて、お金を借りることもできない。でも、どうしても独立したかったので、ヤミ金から月五分で百万円借り、それを資金に独立することができた。そして死に物狂いで働き、三ヵ月で返済することができた。

仕事もなんとか軌道に乗ったころ、彼女が妊娠したことがわかった。それを機に結婚をしたことで、仕事にもますますやる気が出たが、悲しいことに流産になった。出産の難しさと、嫁のつらそうな悲しい顔に心を引き裂かれる思いだった。

次の年にまた妊娠したことがわかった。前回のこともあったので、早い時期から入院をした。そして、無事に出産。「この家族のためなら何でもできる」と思えるほど嬉しく、同時に親としての責任を強く感じた。

ある日、友達の居酒屋で他愛もない話をしていた時、親が面倒をみられない子どもが生活している施設があることを知った。話をしていくうちに、その子たちに何かできないかと考え、クリスマスプレゼントを贈ろうと思いたった。次の日、施設に電話をしてみたら、快く了承してくれた。これは今でも続けている。俺が少年院にいた頃、クリスマスにドーナツおじさんがミスタードーナツを送ってきてくれていた。おいしいし、嬉しいし、「俺もこんな人間になりたい」と思ったことがあったので、真似をしてその後、ミスタードーナツを送っている。子どもたちの喜び方が半端じゃないらしい、真似してよかった。嬉しいことだ。

話が飛んでしまったが、出産した一年後、また妊娠したことがわかった。今回も早々に入院をしなければならなかった。しかし今回は、娘がいる。実家に預ける事もできない、二週間だけはどうしようもない。調べたら乳児園という施設があり、そこに預かってもらった。迎えに行けるのがその週の土曜日だということを知らない娘は、笑顔でバイバイと言っていたが、いたたまれない思いだった。土曜日になって迎えに行くと、楽しく遊んでいたのでホッとしたが、目が合うと怒って泣き出した。あの娘の涙は忘れることができない。

その数日後だっただろうか、病院から「急いで来てください」と連絡があった。急いで行くと、もう子どもが生まれてしまうということだった。余りにも早すぎだ。生まれてきた子どもは五百グラムにも満たない小さすぎる子どもだった。早産で亡くなり、冷たくなった息子を手のひらに抱き、嫁と二人で泣いた。何度もしょうもないことをしては簡単に「死のう」と思っていたことが恥ずかしくてたまらなかった。生まれてきたくても生まれてこられない、命の重みを痛感した。

その三年後、また嫁が妊娠したことがわかった。二人でただただ無事に生まれてくることだけを祈ることしかできなかった。千二百グラム程度しかなかったが、なんとか元気に生まれてきてくれた。嫁には出産、流産と、繰り返しつらい思いをさせてしまった。嫁をはじめ、この家族、そして父親、従業員をもっともっと幸せにするために、日々勉強、奮闘しています。

最後に

ここに来るまでにたくさんの人が俺に手を差し伸べてくれた。しかし、その差し伸べてくれている手がうっとうしく、時には敵にさえ思えていた時があった。周りの人がいくら言っても人間は変わらない。自分自身で変わろうと決意するまで、スタート地点にさえ立てない。俺は差し伸べてくれた兄の手を掴んだ。そこでやっとスタート地点に立つことができた。

その数年後に、セカンドチャンス！と出会った。そこではいろいろな熱い人間に出会うことができた。自分が成長をするきっかけがそこにはあった。

世の中にはいろいろなカッコイイ人間がいる。セカンドチャンス！のメンバーにも、まっとうに働いている人間、社長をしている人間、学校に通っている人間、がむしゃらにもがいている人間、時にはまた失敗して今度こそと戻ってくる人間、自分の生活をかえりみず人のために動いている人間、いろいろな人間がいるが、皆カッコイイ。皆が目標や夢に向かって頑張っているからだ。

出会いで人生は変わる。前を向いた人間は前を向いている人間としか出会わない。この本を読んだ、ちょっと寄り道しちゃったみんな、セカンドチャンス！に会いに来ませんか？いろいろな悩みを分かち合い、夢に向かって一緒に頑張っていこう！

今を全力で

まーくん

幼いころ

僕は、一九七九年に生まれました。家族は、父、母、姉、兄、僕の五人で、僕は三人姉弟の末っ子です。両親が言っていましたが、幼児の頃は病弱で結構、手をやいたこともあったそうです。

両親は共働きをしていましたので、小さい頃から保育園に預けられました。成長するにつれて、僕は保育園の団体生活に馴染めずに、一人だけはみ出していったみたいで、端っこに隠れるように体を丸めて「帰りたい」と泣いては駄々をこねている毎日だったようです。そんなふうに気持ちが不安定な僕は、やがていたずらや友達へのいじめを繰り返すようになりました。ですから、幼児時代は保育士さんに怒られていた記憶しかありません。

いたずらがエスカレート

僕は、小学生の頃に入るともっといたずらっ子になって、小学校二年生では仲間たちとコンビニエンスストアで、お腹（服の中）に隠しての万引きというのを覚えました。万引きは少しの間は成功していたのですが、いい気になって友達に得意気に話していたら、三年生に上がってすぐ、しっかりと天罰を喰らうことになりました。ある日、最初に万引きをしたコンビニエンスストアで、店長に取り押さえられたのです。ずっと、防犯カメラに映っていたようで、かなりの額の弁償を両親にさせてしまいました。その日、父親はたまたま高熱を出して寝込んでいました。ですから殴って叱ることはできませんでしたので、あの頃はそれが良かったと安心していましたが、今考えるとあの時、もし父親に殴られていたらどうだっただろう、あのまま悪いことをしなくなっていたのかなと考えることもあります。

小学校では集団による無視やいやがらせという弱いものいじめがありました。その中で、僕はいじめる側にいました。卑怯なことをしていました。いじめている時は、心のどこかに罪悪感があったことを覚えています。人を傷つけることで、心は痛かったです。でもその後からしっかり自分に返ってきたのです。それから自分がいじめられる側になり、倍になって返されました。無視や集団での暴力。どちらかというと、いじめている時よりもいじめられていた時の方が長かったと思います。つらくて登校拒否をしたこともありました。

転校先の中学校で

中学校一年生になり、親の離婚で僕は転校することになりました。転校先の中学校には、金髪で変形ズボンを着用して、健康サンダルを履き、セカンドバッグを持って登校していた同級生がいて、当時の僕にはかなり衝撃的でした。同じ年齢には見えませんでした。

女子も少人数でしたが、何人か茶髪で、下着が見えそうなミニスカートを着用して登校して来ていましたので、僕は最悪の学校に転校してしまったなと、後悔していました。年上の人は、赤い学ランや白い学ランを着て登校していました。通常なら上着はブレザーに下はチェックのズボンなのです。かなり目立つ格好でびっくりしました。しかも先生と口論して暴言を吐いていたので、とんでもない中学校にきてしまったと、落ち込んでいました。

中学二年生のある時、同い年の一番強そうな人が、僕に「ボンタンを渡すから履いて来い」と言ってきたのです。勢いに押されて、了解してしまいました。引き受けたもののその変形ズボンを履いて行くことにはかなり抵抗がありました。

でも仕方なく履いていくと、早速、職員室に呼び出され、生活指導の先生にへこむぐらいきつく怒られました。この時は、やっぱり標準ズボンに変えようと考えました。でも、その履いて来いと言った人になにを言われるかわからないので、先生に怒られても、無理矢理、履いて行きました。

そのうち、日に日に、先生が僕になにも言わないようになっていきました。言っても無駄とあきれられたのだと思います。それからというもの、どんどん悪い方へとエスカレートして、これまでの悪事の応用編を派手に繰り返していったのです。

施設生活

中学二年の夏です。不良の友人から夏の終わりの夜に一年間の中で大きなイベントがあることを聞かされました。暴走族のイベントです。楽しそうだなと思い、その日の夜中に家をこっそり抜け出しました。同級生が大きな単車に乗っていることにびっくりしました。窃盗したバイクらしくて目を疑いました。そんな単車が何台かありました。アクセルを吹かす音に迫力があり、仲間ができたことが面白く、また、パトカーに追われ死ぬほど怖いと感じるスリル感で、すっかりはまりました。でも、夜中に抜け出して、とんでもないことをしているのですから、交通事故で死亡したとしてもおかしくなかったと思います。今でも親には申し訳ないことをしたと思います。

それからは、友達に教えてもらいクスリにも手を出し、自分の意思で悪事を繰り返して、一段と悪くなっていくのでした。そんな僕を心配していた親に児童相談所の施設に二週間でしたが入れられました。でも、施設から出てしばらくすると誘惑に負けてしまい、また地元の友達と遊ぶようになりました。当時の僕は本当に自分の意思が弱くて周囲に流されやすかったと思います。そして、警察の厄介になることも多くなっていきました。母親がまた、児童相談所へと相談に行っていました。その結果、僕は教護院（現・児童自立支援施設）という所へ児童相談所から送られることになりました。母親は、僕のことで手を焼いて、かなり悩んでいたのだと思います。

教護院に入ることになった僕は、不安でいっぱいでした。寮に案内され、寮生に自己紹介をしました。寮の先生がかなり厳しかったのです。僕が教護院で生活していた頃は寮の先生が生徒に手をあげるのは日常的にあることでした。マナー違反や常識外れのことをしていると、平手打ちをされました。でも、当時の自分はなぜ殴られたのかはあまり理解できていませんでした。今はあの頃殴られていた理由が、痛いほどわかります。僕は寮の中でもまたいじめにあいました。かなりきついいじめで、つらい生活でした。

少し経ったある時、そこに収容されている違う寮の仲間と合同授業の時に脱走する計画を立てました。日時を約束して待ち合わせをしました。脱走の日、待ち合わせ場所に時間通りに行きました。約束していた友達は、もう一人連れてきたので、三人で逃げることになりました。

農道を駆け抜けて山を越えて民家へと走って行きました。置いてあった原付バイクを盗んで友達が運転し、三人乗りで地元へと逃げ帰りました。地元の友達に会うのは久しぶりだったので、嬉しかったです。夜中にみんなで戯れていました。友達の家に隠れていましたが、十日ほどで教護院の先生に見つかり戻されました。

教護院に入ったのは中学三年生の終わり頃で、卒業までの短い期間でしたが、行事も多く、いじめやトラブル、脱走事件も加わって濃い生活だったなと思います。

高校も仕事も……そして大事故を

中学の卒業前に、担任の先生と生活指導の先生に母親を含めて、進路のことで学校で面談をすることになりました。僕は進路のことは全く考えていませんでしたが、父親が将来に就職をする時には高校卒業資格がなければ、就職に困るし、最低限の学歴は広い範囲で問われることが多いので、自分を苦しめないためにも高校に行くようにと、必死で説得をしてきました。本当は働きたかったのですが、一生悪い事をして生きて行くわけにもいかないことは、その頃から気づいていたので、とりあえず高校に行くことにしました。

ですが、僕が選択できる高校は少なく、夜間制の高校に行くことになりました。しばらくは通いましたが、案の定、仕事もしながらでしたので、続かずに辞めてしまいました。

仕事は友達の親が建築業をしていたので友達と一緒に働かせてもらいました。でも、親子で仕事をやっている中に入ったので、人間関係がうまくいかず、最終的にはストレスが爆発して喧嘩して辞めました。それからしばらくは、仕事もしないで地元の友達とバイクに乗り、夜中も走り回って遊びほうけていたのです。

家にも帰らないようになり、友達の家に止めてもらったりで、ほとんど睡眠をとれていない状態が続いていたある時のことでした。いつものように二人乗りをして何台かで走っていたら、後ろから来た車に激突されて大事故を起こしてしまいました。僕は頭を強打して足も複雑骨折をして記憶を失って、何日かしてから意識が戻りました。あとから友達に事故のことを聞かされて、自分で驚いていました。長期間入院することになりました。両親はかなりショックで落ち込んでいました。

この後の自分を振り返ると、この時に死んでいた方が良かったのかと思うことがたくさんありました。親を泣かせっぱなしでした。交通事故から一年が経ち、体が完全に治ってからも、生活は変わらず好き勝手にやっていました。

少年院での経験・思い出

僕が少年院に入った事件は障害事件と窃盗です。十七歳の夏の終わりに少年鑑別所に収容され、秋にはC学園という中等少年院に移送されました。決まった時は、絶望を感じました。入所した日から一週間は、内省といって一人寮に入れられて、この事件とここに至るまでの経過の反省をし、さらに生い立ちや家庭の環境、ほかに、いろいろな事件に発展するまでの自分の性格や自分の欠点を見直す作業をしました。

その一人寮の一週間を経て、集団寮に移りました。そこでの集会で、これまでの自分とこれからの自分について、寮生にダメなことをたくさん指摘されました。その指摘が重くて、きつすぎたので、なかなか落ち込みがほどけませんでした。

そして一ヵ月も経たないある日、突然、両親と姉夫婦が少年院に面会に来てくれました。鑑別所の時は母親だけが面会に来てくれたのですが、今度は父親も一緒に来てくれたことにびっくりしました。あまり、父親に会いたくない気持ちがあったのですが、父親が目に涙を浮かべて「元気か？」と言ったその瞬間に、はじめて事の重大さに気がつきました。申し訳ない気持ちでいっぱいになって、声を上げて僕は泣きました。

僕は家族を裏切っていたのだなと思い、目が覚めた気持ちになり、考え方と気持ちを切り替える決心をしました。少年院では、今後どのように行きていくのかを改めてじっくり考える時間になりました。

当時は、大人に言われたことに腹を立て、恨みにも変わっていた時分でした。でも、きっかけは些細なことかもしれませんが、父親の涙を初めて見たことで、聞く耳と素直な気持ちを取り戻して取り組みました。行事もあり、農作業、運動、学習と、やることが多いために、あっという間に日は経ちました。今考えると、それも少年院という所のやり方なのかもしれません。

行事では、院生が作る野菜の収穫祭や運動会、クリスマス会というようなイベントがありました。院外から来られて少年院に協力をしてくださっていた地域の方々と話す機会がありました。僕に、「まだ若いのだから、人生はこれからだし、頑張ってね」と言ってくださいました。僕にとって深い意味のある言葉でした。罪を犯して少年院に入っている全然知らない僕に、涙を流しながら、こんなに優しい言葉をかけてくれる心の広さ。僕の心にずっしりときました。

正しく生きるということは、当たり前のことを当たり前のようにすることだと感じました。でも、それが簡単にできれば苦労はしなかったと思います。それまでの自分は卑怯なことをして逃げてきたのだなと思い、人としてのレーンからはみ出して遠回りしてしまいました。

悪事を断ち切れたきっかけ

そんな気持ちになれて少年院を出たのですが、日が経つにつれて、共犯仲間たちと集合するようになり、好奇心の沸くような会話から、また、徐々に生活が元に戻っていってしまいました。罪悪感がありながらも、また、家族を困らせていました。

しかし、少年院での生活のしんどさや、さんざん両親を泣かせた顔を思い出すと、犯罪になるようなお金稼ぎをやめたいと思いました。そして、まともな仕事をして、まともに稼いでみようと決心しました。職業安定所に行ったり、求人広告から仕事を探して行ってみましたが、やはりそう甘くはありません。入社したり辞めたりを繰り返し、転々としていました。

そんなある時、共犯で少年院にも一緒に行った友達からの誘いで、一緒にホストクラブに面接に行きました。そのホストクラブの先輩が良い人ばかりでした。友達と少年院に入っていた時の話をしていると、横で聞いていた先輩が興味をもったようなので、内容を全て話しました。すると、二人とも先輩に今まで以上に気に掛けてもらえるようになり、その店のナンバー1ホストの先輩からは、「これからは仕事を真剣に、全力でやってみないか？」と言ってもらいました。ナンバー1に言われると説得力がありました。その時から、本気で水商売に深く突き進み、お金を稼ぐということの大変さや、対人関係の難しさを知っていくことになりました。

社会に出てから役に立つ事が多かったのが、感謝の気持ちへと繋がりました。さらに悪事を断ち切れたきっかけは、友達と「仕事をしてまともに稼ぐ」という考えが一致したこと。こうしたタイミングと人との出会い、家族への申し訳なさと少年院のつらさだと思います。これらが、僕にとって大きなブレーキになりました。

現在の自分

ホストを辞めていくつかの仕事を転々としましたが、定着したのが運送の仕事です。トラックに乗り全国に行き、いろいろな土地でいろいろな人と出会って、毎日いろいろな会話をして、笑いの絶えない毎日を平凡に暮らしています。

今となっては、かつての悪友たちも、どこか遠くに行った人間もいれば、他界した人間、出世して独立している人間もいます。

そんな友達に負けずに、向上心を持って頑張ろうという気持ちで過ごしています。

仕事はつらいこともありますが、前向きに、今を全力で生きています。

あきらめない

アキラ

あれから何年経ったかな。

僕が初めて少年院の敷居をまたいだのは十四歳の時だった。初めは何も分からなくて、鉄格子を眺めながら不安な気持ちを抱えて過ごす日々だった。少年院に入る前の自分自身を振り返ってみると、血の気も多くてわがままで、喧嘩っ早かったような気がする。バイクを盗んだり暴走したり喧嘩したり、よく今日まで無事に生きてたなと思う。

あの頃を思い出すと毎日毎日、親の言うことも聞かずに夜中まで遊びに出て、バイクで走り回って友達とやりたい放題だった。（当時は自由を感じていたが、大人になった今思うと、親や学校の先生などいろんな人に迷惑をかけたと反省する……）

そんな、十四歳の頃の僕は、後先考えずに、後ろには引かず前に突っ走る性格だったので、その勢いのままに少年院へ行った。着いた先がA少年院の初等少年院だった。それからの一ヵ月間は行動訓練と筋トレに追われて、真夏の時期でもあったため、生まれて初めて地獄を見た気がした。厳しかった先生たちに対しては腹が立つこともあった。それでも、汗をかいて体がゴツくなっていく自分をみると「努力するのも悪くねぇな」って思うようになった。

A少年院を出る時、担任の先生に「ここで変わらんと、大人になっても同じ事の繰り返しになるけんな」って言われたのを今でも覚えてる。その時、僕はまだ十五歳。その意味がよく分からずに鼻であしらった。でも、その言葉って後々になって身にしみた。

いい景色が見えるまで

A少年院を出た十五歳の僕は、まだ、ちゃんと反省ができておらず、半年後に二回目の少年院に行った。

次に入ったのはB少年院。僕が入ったときはかなり自分自身が荒れていた。二回目の少年院だった事もあり、のらりくらり過ごそうという甘い考えがあった。先生の言う事もろくに聞かずに喧嘩して懲罰をもらったり、更生なんて言葉はほど遠かった気がする。

そんな僕を見かねた担任の先生からは「お前ならやり直せるから、道を踏み外して人を悲しませる男にはなるなよ」って、ずっと言われ続けていた。先生は毎日気にかけてくれたし、親も四時間もかけて面会に来てくれた。あの時の事を思い出すと、今でも本当に申し訳なくなる。当時の事を親に聞いてみると「時給発生してるからね」って笑って言われた。おそらく親は、僕に対して『出世して恩返ししてね』って事を言いたいんだろうけど、こんな僕を見放さなかった事に、今では感謝しかない。

そんな事もあって、周りの人たちのおかげで「変わらなくちゃいけないんだ」って思い始めた。先生は本当にいい人ばかりだった。当時の自分は外でも基本ダラダラしていて、努力も何もしない性格だったし、楽しいこと以外、何に対してもやる気がなかったし何も手につかなかった。

ある時、先生が、こんな事を言って励ましてくれたのを覚えてる。

「旅人が峠を登っている時に、下ってくる旅人とすれ違いました。その時、登っている旅人は下ってくる旅人に尋ねました。頂上の景色はどんな風景でしたか？　すると、下ってくる旅人は答えました。その景色は自分で見てみないとわからない」

先生は僕に対して、「もっと努力しろ。努力したほうがいい風景が見えるぞ」ってことを伝えたかったのかなって、今になって思う。

そういうことを積み重ねながら、いよいよ僕は出院した。出た当初は、とりあえず仕事をしなくてはと、いろんな仕事をしてみた。働くきつさとかお金の有り難さとかが分かってきたけど、自分はどうしても、あれが欲しいとか、これが欲しいとか、すごく欲があって、ものすごくお金がほしいと思った。そうやって二十歳になった頃からだったか、先輩から周りで流行っていたヤミ金（高利貸し）の仕事に誘われて、一緒にするようになった。やっぱりヤミ金というだけあって、稼ぎもでかくなった。稼ぎがでかくなればなるほど、お金の使い方も荒くなって、手当たり次第に欲しいものを何でも買っていた。だけど、そんな生活は長く続くわけもなく、半年くらいで、今度は大人の留置所の仲間入りとなった。

周りに恵まれて

初めての成人房には、ヤクザかホームレスか薬物中毒者しかいなくて、たまらなくいやだった。何がつらいかというと、留置所で何もしない時間が一番つらい。わけも分からず四ヵ月近くも留置所に放置された。気が狂いそうだった。

その四ヵ月間で一番考えたのは、少年院の先生のあの言葉だった。

「今ここで変わらんと、大人になっても同じ事の繰り返しぞ」

そう口すっぱく言われてたことが、この時になって、本当にそうだなって痛感した。さらにそれから四ヵ月経った頃、拘置所に移送された。初めての拘置所は少年院とは全然違って、少年院の先生たちのように会話をすることもなく、むしろ放ったらかしにされる事が多かった。あの時の孤独感は半端じゃなくつらかった。

そして、初めての裁判では、傍聴人の前に立たされる親を見て本当に申し訳なくなった。それから、あっという間に半年が経ち、判決は執行猶予付きでの出所だった。親には本当に迷惑と心配をかけてしまったので、今でも頭があがらない。

「次こそは同じ事の繰り返しをしないように」って心がけながら、今、仕事に励んでいる。大人になっての出所後はとてつもなくつらく、時間に置いていかれた孤独感と「これからどうすればいいのか」っていう不安とが入り混じっていろんなことを悩んだ。そんな時に、逮捕される前に友人から誘われて一度だけ顔を出した地元のセカンドチャンス！の交流会を思い出して、再び足を運ぶようになった。

大人になってセカンドチャンス！を見たら、メンバーの中には少年院から出てきて仕事を頑張り、いま社長さんをやっている人も多く、成功者に見えた。そんな人たちを見ると、少年院上がりなのに、あるいは刑務所上がりなのに成功していて、本当にすごいなと思ったし、僕にも出来るんじゃないかって、すごく自信がもらえた。

これまで真面目な仕事なんてほとんどした事がなかったけれど、知人に誘われてボーイとして働くことになった。夜の世界が真面目な仕事なのかという人もいるとは思うが、でも、この世界で頑張っている女性だったり、裏方の人たちだったり、お客さんたちを目の前で見ていると、いろんな事を学べるところだなって思うようになった。ヤミ金に比べれば、ここは接客業を通じて人に喜んでもらう仕事だから、やりがいを感じる。目標も夢も持てるようになった。

そうやって一年が経った頃、僕にもチャンスが巡ってきた。「今の店で店長になってくれないか?」とオーナーに言われた。もともと人より上に立ちたかったたし「俺にならできる」という負けん気が強かったたし、前に進む性格だったので即決で返事をした!

少年院にいた頃も、そして今になっても思うのは「努力なくして成功はありえない」ってこと。努力は裏切らないし、自分の頑張りを見てくれる人は必ずいる。

今は従業員にも環境にも恵まれていて、僕は本当に周りに恵まれ過ぎてるなと思うくらいだ。ガキだった頃は、周りも大切にできなかったから、今度は周りを大切にしていこうって思う。

まだまだ夢もいっぱいある。そのために、まだまだキツイこと、つらいこともあるけれど、諦めずに自分の足で峠を乗り越えて、いい景色を見ようと思う。

こんな僕でも変われたから

かける

「少年院送致」そう裁判官から告げられた僕は、「またか」「今度はどこだ」としか思っていませんでした。しかし、この後の少年院生活が僕を変えてくれたのは事実で、ここから新たな人生が始まったと言えるでしょう。

サッカーとの出会い

平成七年に生まれた僕は、サッカーが大好きなサッカー少年でした。四歳から始めたサッカーは、中学生になって辞めるまでの十年間続き、強いチームだったこともあり家には一時期、多くのメダルが散乱していました。サッカーを初めて目の前で見た時のことはいまだに忘れられません。それは幼稚園のとき、帰りに園庭で年長生がサッカーの練習をしていたのです。遠くから見ていたのですが、心を奪われたように固まっていたのを記憶しています。

その幼稚園では毎日の送り迎えのバスがあるのですが、僕はバスに乗らないでずっとサッカーを眺めていました。探しにきた先生が僕の方に走ってきて、早く乗るようにと言うのですが、僕の頭の中はすでにサッカーで一杯で、結局バスには乗らなかったのです。迎えに来てくれたお袋を説得し、その場でそのサッカーチームに入ることになりました。これが僕の人生を語る上では欠かせない、サッカーとの出会いでした。

それからサッカー漬けの毎日が始まり、小学校に上がった僕は、午前中の休み時間はサッカー、昼の休憩時もサッカー、もちろん午後の休み時間もサッカー、そして帰ってからはチームの練習があれば夜まで、ない時でも何十人と友達を集めては放課後サッカーをしていました。自分で言うのもなんですが、割と人気者の部類だった僕は、友達もたくさんいました。

小学校一年生の頃からあまり勉強をした記憶がありません。「やればできる」といろんな先生から言われた記憶はあるのですが、僕本人にまったくその気はなく、まずじっとおとなしくイスに座っていることができなかったのです。

父と母

たしか小学校二年生ぐらいから、父親があまり家に帰ってこなくなりました。母親と二歳下の妹、さらに二歳下の弟と過ごす日々になりました。別にそれがいやだったわけではなく、それよりいやだったのが、たまに帰ってきた父親と母親が喧嘩をすることでした。

言い合いだけならまだしも、次第にヒートアップして手も出るようになっていく父親。長男として必死に母親を守りに入っていたことを今でも覚えています。まだ妹や弟が小さかったこともあり、本当はいやだったけど僕が止めるしかありませんでした。だから、当時はそんな父親が大嫌いで、僕自身の頭から、記憶から、父親という存在を消そうと努力したぐらいです。いつも寄り添ってくれて、いろんな話を聞いてくれた母親。そんな大好きな母親が目の前で手を挙げられているのを見ていることほどつらいことはありませんでした。

母親との思い出はたくさんあります。どんな時にも子どもを第一に考えてくれて、子どもの幸せが何よりの幸せと思っていたように思います。休日のサッカーの日は、朝早くから弁当を作ってくれて、グラウンドまで送り迎えもしてくれていました。その道中にも、喧嘩してお互いしゃべらなかったり、試合結果に納得がいかなくて落ち込んでいる時は励ましてくれたり、とにかく母親とはいろんな話をして、いろんな感情を共有しあった気がします。きっとそういった時間が、後に自分を変えてくれるきっかけにつながったんだろうなと思います。

すべての時間を遊びに

小学校も五年生になると、サッカーにも夢中だったけれど僕のガキ大将振りはヤンチャ化し、この頃から万引きを始めるようになります。最初はたしか近所の駄菓子屋さんだったように思います。悪いこととは思いつつ初めてやったのですが、感覚がまひし、次第に、やらなきゃ損ぐらいに思うようにもなりました。駄菓子屋からデパートやゲームショップ等へと、その金額も上がっていきました。みんなと遊び感覚でやっていましたが、たまたま一度も捕まることはありませんでした。その盗んだ物を友達に売ったり、お金に換えていきました。その頃にはもう悪いことだという認識は薄くなっていきました。

中学校に上がると、サッカーをしたい気持ちと遊びたい気持ちのジレンマが続いていました。部活動は陸上部で、大好きなサッカーは地元から少し離れたクラブチームに所属していました。そのチームは県内でもトップ３に入るといわれている強いチームで、一学年に五十人近くはいました。その中でレギュラーを勝ち取るのは容易なことではなく、僕もとにかく必死でした。

練習は週に五日。練習場まで電車とバスで片道一時間半ぐらいかかったので、平日は帰りが夜十一時近くなっていました。そんなサッカー漬けの日々も、初めはすごく楽しかったのですが、だんだん友達と遊ぶ時間ももっとほしくなり、練習がおっくうになり始めます。僕はチームでレギュラーを不動にし、背番号も１０番を付けるなど、決して成績も悪いわけではなかったのですが、昔から努力することが嫌いでした。練習が大嫌いで、試合をしている時が一番楽しい。嫌いなことを好きになろうともせずに、そこから逃げることばかり考えていました。

小学生の頃のコーチから言われた「九十九％の努力と一％の運」という言葉を今でも覚えています。センスや本能だけで生きてきた僕にとっては、本当に意味深い言葉です。でも、まだその時は気付かなくて、遊びの方に夢中になっていた僕は、練習もさらにおっくうになり、とうとう中学二年生になってすぐに約十年続けていたサッカーを辞めることになります。

もちろん、コーチや監督、母親など、周りからの反対はありました。僕自身もセンスがない方ではないと思っていたので、正直すごく悩みました。しかし、練習では殴られたりどなられたりと毎日が厳しいばかりで、あんなに楽しかったサッカーが、まったく楽しくなくなっていました。それでも、人生最大の後悔であると今でも思っています。その結果、それまでサッカーにかけていた時間の全てが遊ぶことに回り、本格的に不良化していきました。

学校にもだんだん行かなくなり、隠れて吸っていたタバコも、どこでも吸うようになり、昼夜逆転生活を送るようになります。そんな中で出会った不良の先輩と頻繁に絡むようになり、喧嘩の仕方からバイク窃盗のやり方までいろいろと教わりました。そのどれもが新鮮だった僕にとって、悪さをすることだけが生き甲斐となり、厳しいところでサッカーをしていた解放感をすごく感じていました。

それゆえ、当時はサッカーを辞めてしまったことなんて、これっぽっちも後悔していませんでした。遊びまわっていることの方が、本気でサッカー選手を目指しているより遥かに楽だし、つらいことなんて何一つありません。何も考えなくて良いし、その場が楽しければ良いわけですから、後悔を感じることもなかったのです。

しかし、母親はそういうわけにもいかなかったはずです。学校や警察署に足を運ぶことが多くなり、何一つ言うことを聞かない息子に、何もできずに悩んでいたことでしょう。

でも、夜中に家を抜け出しては母親に怒られ、学校や警察から呼び出されては母親に怒られる。「学校に行け」「夜遊びをするな」と口うるさい母親が僕はうざったくて嫌いでした。

でも、見捨てずに寄り添い続けてくれたのは母親でした。学校の先生や警察はおろか、たまに帰って来ては悪い情報を聞いて殴るだけの父親。殴られて逆に反発をつのらせ僕の心に響くことはありませんでした。

少年院送致の衝撃

母親、父親、学校の先生、そして警察、その誰もが僕を止められなかった末に待っていたのは逮捕状でした。

中学二年の年明け早々、いつものように友達と集まって遊んでいた僕のところに、朝早く警察が迎えに来ました。数々の非行を繰り返していたので、周りからも、そのうち捕まるだろうと言われていたのですが、本当にそんなことがあるのだろうかと思っていた僕は、その状況がイマイチよく分かっていなかったのを覚えています。

それまでも警察署に連れて行かれたことがありましたが、その日のうちには帰ってきていました。逮捕となると、この先どうなるのか、それが気になって仕方ありませんでした。

僕が親しくしていた先輩が、前に一度、鑑別所に入ったことがあるという話を聞いて、それがすごく格好良く思えたからです。僕は、鑑別所ってどういうところなのだろうと興味津々でした。そうして二十日の拘留を終えて、とうとう鑑別所へ移されました。

そこは、僕にとっては、先生たちの目を盗んでは同室の人としゃべったり、お菓子の交換をしたりの修学旅行みたいなところで、反省の要素は全くありませんでした。グラウンドに出て体を動かす時間にも、知り合いや共犯者とヘラヘラするなどして、よく怒られました。審判日がちょうど、修学旅行の日になりました。当然、家に帰れると思っていたので、新幹線に間に合うのかなとか、間に合わなかったらどうするんだろうというようなことばかり考えていました。

いよいよ審判を迎えた日。やっと帰れるとばかりにウキウキしていたのですが、下された判決は「初等少年院送致」でした。そう告げられた時の僕は、しばらく状況が把握できずに固まっていました。まさか、僕が少年院に行くなんて、しかも一年も！　そのあまりの衝撃に、鑑別所へ戻ってから両親と面会した時も、その後、担当の先生と面接をしている時も、そして部屋に帰ってからも、号泣していたのを記憶しています。

しかし、少年院での僕の生活は、そんな涙とは裏腹に適当なものでした。寮内では規律違反が頻繁に発生していました。目先の楽しさまかせの僕も、同じように違反を繰り返していました。

その結果、当初の出院予定日から五ヵ月も遅れてしまい、順調に出院していれば、中学の卒業式には出られたはずなのに、卒業式も少年院で送るはめにもなってしまいました。それでも出院していく時には、自分に真剣にかかわってくれた少年院の先生方や他の生徒と別れるのが悲しくて、帰りの道中しばらく泣いていたのですが、その時点ではまだ前を向けていなかったのだと今なら思います。

そんな僕ですから、出院してから何かが変わることもなく、気づけばもう非行に走っていました。わずか一週間か二週間のことでした。父親が経営している仕事に就いたのですが、三ヵ月ほどで辞めてしまい、その後、定時制高校に入学するも、一ヵ月もしないうちにほとんど行かなくなり、約二ヵ月で退学となりました。それから、先輩のところで仕事を始めても長続きすることはなく、ろくに仕事もしないまま、少年院で出会った数人とよくつるむようになり、事件を起こして、再び警察に逮捕されてしまいました。

二度目の少年院、そして三度目の少年院に

仮退院中に事件を起こしてしまった僕に対して、裁判官が下したのは、「中等少年院送

致」でした。そして、二度目の少年院生活が始まりました。

何せ、見栄っ張りな僕ですので、他の生徒に対して突っ張ったりもしていました。そんな中でも自分の弱さなどについて考えるようになり僕なりに自己改善について考えたりもしましたが、考えていることと行動がなかなか伴いません。結局はそれまでだったのでしょう。この少年院での一年はあっという間に終わり、今後どうしていくかも決まらないまま、出院を迎えました。

二回目の少年院を出てからの僕は、まず昔の友達に連絡しました。そこで知ったのは、友達のほとんどが捕まってしまったという事実でした。今思えば、悪い友達がいないということは、自分にとってむしろチャンスだったとも言えます。それなのに僕は、出院してすぐに始めた解体工の仕事も、これまた続かず、一ヵ月と持たなかったように思います。この時も、辞めた理由は面倒くさくなったからです。二回も少年院に入ったのに変われない自分にあきらめを感じていました。この頃から、暴力団とも絡むようになって、僕はもうその道一直線でした。ただ、まだ十七歳だったので正式に暴力団に入ることはありませんでした。

そんな僕は、ある日、無免許運転でバイク事故を起こしました。その瞬間、前後の記憶はなくて、ふと目が覚めたら、そこは病院でした。父親の姿が目に入りました。小さな声で「生きててよかった」とつぶやいたのが聞こえました。その後ろで母親が泣いていました。後々聞いた話によると、顔面に十二針、左膝に六針縫い、心臓も一時停止したほどの事故だったようです。と言っても、悪いのは全て僕自身で、自分から車に衝突しに行ったようなのです。どうしていきなりそうなってしまったのかは分かりません。もしかしたらハーブの影響だったのかもしれません。その日もハーブを吸っていたからです。ハーブは現実逃避でした。

入院して一週間ほどで退院はしましたが、この時の僕はもう人生どうでもよくなっていました。どうせそのうち無免許運転の件で警察が来ると思っていたので、惰性の日々を送っていました。何をするにもやる気が起きず、非行を繰り返すことで現実から目を背けていました。そしてとうとう別件の事件で三度目の逮捕となりました。それは二回目の少年院を出てからわずか三ヵ月半の出来事で、これ以上のどん底はないなと、痛感した瞬間でもありました。

留置場、鑑別所、そして予想通り三回目の「中等少年院送致」が決まり、遠方の少年院に入院しました。

少年院も三回目になると、「もはや自分は変われないのではないか」と、半分あきらめかけてもいましたが、ただその一方で「変われるのなら変わりたい」自分がいたのも事実です。その気持ちはこの少年院に来て初めて感じるもので、僕にとっては大きな成長を感じる部分でもありました。

逮捕された日の朝、家を出る僕を、母親が「新しい仕事始めたんだね」と笑顔で見送ってくれた映像は、今でも鮮明に残っています。裏切ったことを本当に申し訳ないと思い返すのです。

入院して数ヵ月がたって進級も順調に行っていた僕は、自分自身と真剣に向き合えるようになっていました。そして、不良交友から生活環境全般を一からやり直そうと思い始めていました。

そして四度目、自分と向き合う

しかし、そんな少年院生活の最中に、僕は入院前の別の事件で再逮捕されてしまったのです。話はやや複雑になりますが、結局、また留置場、鑑別所へと行き、再度審判を受け直した僕に下されたのは、「特別少年院送致」でした。

三回目の少年院ではすでに七ヵ月ほど生活していたのですが、新たに他の少年院で一からやり直すほかなくなりました。モチベーションなど保てるわけもないまま、また、別の少年院に入院しました。しかし、ここに入ったのが、僕を大きく変えてくれるきっかけになりました。

この時は両親を始め、先生方や保護司さん、その誰にも僕の気持ちを推し量ることはできなかったでしょう。絶望感もありましたが、「どん底に落ちた」感が強かった僕は、「これ以上は落ちることはない」、「後は上がるだけだ」とも思っていました。

その少年院は全室個室という体制であったため、自分自身と向き合う時間が一日の大半を占めていました。それ故、今まで他の院生ばかりを気にしていた僕にとって、この一年を通していろんなことを見つめ直すことができました。

その中でまず僕が始めたのは、「自分で決めたことを最後までやり通す」ということです。具体的には、漢字練習を毎日一ページ以上やること、室内体育では筋トレを毎日メニューを立ててやっていました。時には、気持ちが「面倒くさくなる」時もありましたが、自分に負けてしまっては社会では通用しないと考え、「継続は力なり」を実行していきました。数ヵ月を過ぎるとそうしたことが習慣化していき、おのずとやるのが当たり前のようになったのです。その結果、院内で漢検二級をとることができました。

それまでの少年院生活では、自主性がなく、先生に言われたことただをやっているような状態でした。そんな僕が、ここへ来て自主性を持つようになり、他の実習作業などでも

「やらされている感じ」が全くありませんでした。そうした積み重ねが、「僕もやればできるんだ」という自信にもつながり、その自信が僕の糧になっていました。

せっかく自分でこうしたものを積み上げてきたのですが、それを壊してしまうのは一瞬だということもわかっています。だからこそ自分を見失わずに生きていきたいし、生きていけるような気がします。

リセット

この少年院を出る時、僕の心境はそれまでになく前向きでした。それまでの少年院を出る時は、心も空も曇りだったのですが、この日は快晴でした。「今度こそ」の思いを強く持ち、その日から世界が変わったような気持ちさえしました。迎えに来てくれた両親と、車のなかでこれからやりたいことをたくさん話していました。

何もかも一からリセットしたかった僕は、不良交友のある地元を離れ、別の土地に移りました。そして、ダメダメだった仕事も、父親のところでやるようになり、仕事仕事の日々でした。

これだけ書くと、一見何の楽しみもなかったように思えるかもしれませんが、僕には夢がありました。それは歌手になることです。少年院に入っている時に母親に差し入れてもらったＥＸＩＬＥのＨＩＲＯさんの『ビビり』という本を読んだのがきっかけでした。自分自身の可能性に挑戦してみようと思ったのです。

そして、僕は社会に出てすぐ、仕事をしながらボイストレーニングに通い始めました。週に一回で、それ以外は週三、四回カラオケに行っていました。また、カラオケに行かない日は、肺活量を鍛えるために筋トレやランニングもしていました。しばらくそんな生活を続けていて、気づけば僕の周りからは不良と言われるような人たちはいなくなっていました。そして、本当に気の合う、同じ価値観を持った数人の友達だけになりました。その中には、かつて少年院や鑑別所のお世話になった人もいます。でも、今は十分に大人の考えを持った立派な社会人です。不良交友が足の引っ張り合いだとしたら、僕と彼等の関係は、時に励まし合い、困った時には助けてくれ、いけないことはいけないと言い合える仲です。

一つだけわかったことがあります。それは、誰しも良い部分が悪い方に働いてしまうことはあって、その使い方によって「変わる」、「変えることができる」ということです。

父親になってわかること

このように僕の人生は、少し人より波乱万丈だったかもしれません。そんな僕も、今では二児の父親です。子どもにはまともな人生を歩んでもらいたいので、どういうふうに育てていけばいいのか、日々考えているわけですが、これという正解はないんだと思います。

僕の母親も父親も、きっとすごく悩んだでしょう。僕もその立場になってようやく苦悩やありがたみがわかる気がしています。そういった意味でも、息子には、周りに感謝できる人間に、何かをしてもらった時には何かを返してあげられるような、そんな気持ちの温かい人間になってもらいたいなと思います。

以前は周りに支えてもらいながらも、期待を裏切ることしかしていませんでした。だからこそ今は、以前返せなかった分、少しでも笑顔で返せるようにと思っています。自分のことよりも他の人の幸せを考えられるようになったのは、少年院のおかげです。仲の良い友達と街にくり出して、何でもない日に仮装してみたり、ふざけてコントみたいなことをしたり、そんな僕等を見て笑ってくれる姿を見て、喜びを感じているのも事実です。

今の僕の密かな夢。それは、世界中の人が笑っていられること。そのためにも、まずは、僕と関わる全ての人たち、それは被害者の方も含めてみんなが、笑顔を絶やさないよう、笑いを発信していけたらなと思います。夢の実現化、趣味の社会人サッカー、そして愛する家族、それらと共に、これからも第二の人生をまっとうしていきたいです。

「俺って変わったんだな」、そう思うたびに、少年院での汗と涙の生活を思い返すのです。

踏みつけられて、捨てられて、でも……

おしょぱん

幼いころの私

私は、一九七五年、横浜生まれの四十二歳です。父は料理職人、母はパート、勤務していました。一つ上に兄が、二つ下に弟がいる、真ん中の女の子です。母は十七歳で結婚し、十八歳で兄を、十九歳で私を産んでいます。

子どもの頃の私は、変わり者だったようです。内弁慶で、十歳になるころまで、外でおしゃべりすることが少なかったと思います。でも、家の中では兄弟には強気で、特に兄とは喧嘩ばかりしていましたし、立場の弱い弟を連れて歩いていました。弟は私に忠実で、優しい子でした。

父にはよく殴られました。時にはタバコの火を押し付けられたり、ドライヤーで何度も頭を叩かれて、たんこぶができた場所の髪が抜けてはげてしまったこともあります。気に入らないことがあると、熱い鍋をひっくり返したり、夜に外に出されたこともありました。七歳くらいだった私は、一人で公園のブランコで揺られているしかありませんでした。

でも、父と一度だけ手をつないで歩いてお店に行ったことがあります。買ってもらった白い猫のお人形は、ずっと私のお気に入りでした。そんな父は、私が小学四年生の時に一度、脳溢血で倒れ、六年生の時には、二度目の脳溢血で危篤状態となりましたが、半身不随の後遺症を持って生還しました。

少年院――とにかく出たいだけ

中学生になった私は、荒れていきました。タバコ、酒、シンナー、家出、恐喝、窃盗、暴行、傷害、暴走族、薬物……、あるとあらゆることに手を付けていました。そして、十二歳、児童相談所の一時保護所に保護されました。居場所と呼べる場所も、帰る場所もなかった私には、そこは居心地がよく、そのまま施設に収容されたいと思っていましたが、一ヵ月で親の元に帰されました。

私は、同じ悪さを繰り返したというより、さらにエスカレートしました。中学二年で男を知りました。でも、好きとか愛しているとかの感情は、まだ分かっていませんでした。ただ、毎日を誰かと一緒に過ごすことで、寂しさをまぎらしていたのです。

中学三年。事件となり家庭裁判所に。施設送致とならなかったのは、奇跡と思いました。でも家に帰る気にはならず、先輩の家でその日その日を暮らしていました。先輩がバイト探しを始めたとき、私も興味をもって年齢をごまかし一緒に働き始めました。ビルの清掃員でした。中学卒業近くまで、そのバイトは続きました。楽しかったのです。そう、先輩の突然の結婚がなかったら……私はそのまま落ち着いて働いていたのかな、と思ったりします。半年ぶりに行った学校も家もつまらなかったし、何より寂しかった。

中学卒業を目前にして出会った男性。付き合った相手は、八つ上の暴力団構成員でした。私は、卒業してからは夜の仕事を始めました。もちろん年齢をごまかして。十六歳で同棲。好奇心で使用していた覚醒剤もこの頃には、本格的な常習者となっていました。

そして、十六歳七ヵ月になった時に逮捕。中等少年院送致になりました。少年院は、私には「豚箱」としか言いようのない場所だった。トイレは肥溜め。寒い冬、凍えて眠れない。初めて霜焼けができた。悲しかった。規則、号令、点呼。年下でも、先に入っている者に対しては行儀や礼儀作法が求められました。すべてが初めて。仲間外れにもあいました。この時ばかりは、家族に会いたいと思いました。

食事は多すぎて、しかも動かないから体力は落ち、身長は伸びましたが太りました。あの米の量は一体何なんだろうと、今も思います。私は食べられるだけ食べました。どうせ外に出たら、クスリを打って痩せられるのだから……。反省？　更生？　とにかく早く外に出たいとそればかりを思っていた。

生きている意味が分からなかった

十八歳春、出院。

一年半もの不自由な生活から解放された私は、真っ先にクスリに手を出した。いいか悪いかというよりも、クスリへの未練が残っていた。迷いもなくすぐに手を出してしまったのです。でも、両親の前では心を入れ替えたふりをしていました。

この頃、両親は飲食店を営んでいたので、その手伝いをしていたのと、夜の仕事もしていたので収入もあり、生活に困ることはありませんでした。

十九歳、父が再度倒れました。

経営していた店はつぶれ、私は仕事を辞め、母はまたパート勤務するようになりました。

でも、私からクスリが離れることはありませんでした。その結果、ある日気づいた時、私は病院にいました。幻聴、幻覚に悩まされ、精神異常を起こし、警察を経由して病院に措置入院となりました。この入院生活では、施錠された部屋で手足を縛られ、注射を打たれ、たくさんの薬を投与されました。オムツをはかされ、人間としての扱いを受けていませんでした。ここでは半年間囚われの身となり、二十歳の半分の月日が流れていました。退院してからも覚醒剤はやめられず、二十一歳で逮捕、二十二歳でまた措置入院。

そしてその後すぐに逮捕され、実刑となりました。刑務所の中で父が亡くなったと聞かされても、「別に」って感じていたのです、この時は……。

三年半が過ぎ、二十五歳で出所しました。

社会に戻った私は、ムショボケとフラッシュバックが重なり、不安定な状態だったと思います。出所後は母のもとに帰りましたが、母は私の知らない別の男と暮らしていました。私の精神年齢は少年のまま止まっていたのでしょう。父親の代わりと感じて慕う気持ちがあって、この男とは仲良くなれる気がしたのです。ところが、あったのはたび重なる暴力と暴行。母にもその男にも、自分を理解してもらえず、耐えきれずに私は逃げるように家を出ました。そして、逃げた先で強姦未遂に……。

怖さと共に母への憎しみと恨みが生まれ、つらくてつらくて、死にたいと本気で思いました。路頭に迷い、いつ死んでもいい、そう思いながら、クスリ・男・酒の生活。毎日、川の土手で、茫然と猫のように過ごしていた私。生きている意味が分かりませんでした。ある日、いつものように、ぼーっと川を眺め、その日どこに帰るか考えていました。眠い、だるい、おなかが減る、寒い……、その時、私が見たのは、光り輝く星よりも、はるかに素敵な、人の笑顔でした。

男が近づいて、声をかけられました。初めての恋の始まりでした。初めての感覚。好き、愛してる……。

我が子とのつらい別れ

二十六歳、ゴールデンウィークを間近にした春に、四度目の逮捕。

留置所で妊娠が発覚しました。この子だけはどうしても欲しいと思いました。生きる希望に思えました。裁判が終わり刑務所に収監されましたが、以前とは気持ちが違って、お腹にいる我が子のためにも、早くまともな生活がしたい、真面目に刑を務めて一日も早く出所して、この子と生活しようと、固く決意しました。

少しずつ大きくなるお腹に、私は一人じゃない、この子がいる、と、刑務所の中なのになぜか安心し、幸せな気持ちになりました。大切な命がここにいる。どんないやなことでも辛抱できたし、作業も真面目に取り組みました。

そして冬になり私は出産しました。初めての出産、胸に抱いた赤ちゃんはまるで天使のように、ニコニコと笑っていました。愛しい……、肌を合わせながら、今まで味わったことのない幸せを感じていました。ノブと名付けました。

でも一方で、私の中にはこの上ない恐怖心がありました。私はすぐに刑務所に連れ戻され、ノブは施設に連れていかれてしまう。この時の恐怖は今もまだ、この胸に焼きついています。

その予想通り、私は翌日刑務所に戻され、最愛の我が子と離れ離れにさせられました。どこに苦しみをぶつけていいのかわかりませんでした。刑務所をうらんだりもしましたが、やはり自分にばちが当たったんだ、自分が悪いんだと思うと、つらくて食事ものどを通らず、部屋の中を一人、犬のようにグルグルと歩き回っては気持ちを静めていました。

本来なら病み上がりということで独居で一ヵ月は休養する決まりがあるようでしたが、私は一人でいると頭がおかしくなりそうだったので、頼んで早く工場に出ることにしました。早く帰りたい、ノブのことを考えると必死でした。

幸せが続かない

二十八歳春。ノブは一歳二ヵ月。

出所した私は、まっ先に施設にいるノブに会いに行きました。ノブは母親の私を知らない人を見るようなまなざしで見つめました。私は近くの工場で働きながら、来る日も来る日も会いに行きました。ようやく少しずつなついてきましたが、ノブは施設の先生がまるで母親であるかのような様子を見せ、先生もそんな様子を見せていました。それが、とても悲しく思えました。

そんなある日、ノブの父親から会いたいという連絡がありました。私は、ノブと親子三人でやり直すことができるなら、それが唯一の救いになると思っていました。でも、会いに来たその父親に私の気持ちを相談する間もなく、私たち二人は見事に捨てられたのです。絶望を感じました。そして焦りました。早くノブと生活がしたい。ノブとの生活を夢見て、ある男性と結婚をしました。偽装結婚です。するとノブの引き受け許可が出て、新しい生活が始まりました。

しかし、偽装結婚した相手との生活も、突然引き取ったノブとの暮らしも、予想に反して苦痛でした。どう子どもを育てていけばいいのかわからず、苦痛な毎日が続きました。ノブを置いて私は逃げ、離婚しました。

二十九歳春。私のお腹には、二人目の子どもが宿っていました。

当時付き合っていたのはバスの運転士。何も考えていなかった私を、この彼と母が支えてくれました。バスの運転士なんてまともな人との付き合いは生まれて初めてでした。私の本当の幸せはこの時だったのかもしれないと今も思います。出産、子育て、生活のすべてに、優しい彼は力になってくれ、生まれた女の子には、我が子のように接してくれました。私たちは、付き合って二年の記念日に籍を入れ、時々ケンカもしたけれど、仲が良くて楽しかった……。でも、一年ももたずに離婚してしまいました。

三十二歳。横浜で娘と二人で暮らしていました。

中学の先輩だった男の人と仲良くしていました。その人の境遇は、私によく似ていて、女の子を一人で育てていました。

その暮れに、私は三人目の子どもを妊娠。翌年春にその人と結婚。夏には、男の子が生まれました。相手の長女と私の長女と、生まれたばかりの私の次男。母に預けているノブも引き取って一緒に暮らしたいと思いましたが、母に容赦なく拒絶されました。私は、新しい家族と頑張ることにしたのです。

でも結局、二年を待たずに離婚することになりました。

今は、今がある

三十五歳。私は、子ども二人との三人で暮らしていました。

気を遣う相手もいない、子どもたちとの平穏な日々。それは三年間続きました。そして、このころ、セカンドチャンス！という団体に出会いました。

三十九歳。仕事、子育て、人間関係の疲れ。

どんなに思いを寄せても、私の手には届かないことがある……、その現実を味わうしかありませんでした。ストレスの日々が続き、私はアルコール依存症になっていました。

四十一歳。妊娠し、秋には男の子出産。私の四人目の子ども、三男です。

子どもたちの顔を見ているだけで、犯罪に手を染める気にはなりません。この先、まだいつのことになるか分かりませんが、将来、父の生まれ育った土地へ行き、父の墓があるそばで、もっと幸せに暮らせたらいいなあと願って、日々頑張り生活しています。

不良という名から足を洗って十五年になります。時々考えます。

あの刑務所での悲劇。ノブから何度「捨てられた」「捨てたんでしょ」という言葉を聞かされたか。むりやり離ればなれにさせられ、すぐに施設に連れていかれた。この事実をどうノブに説明したらいいのだろうか。私たち親子の大切な時間……、あの刑務所の悲しみが、今も苦しみとなっている。この苦しみはいつまで続くのだろうか。

もし、あの時私を受け入れてくれる人がいたら……、もっと早くセカンドチャンス！の仲間に出会っていたら……、私はどうなっていただろう。きっと、無知な私の救いになっていたに違いない。

信頼できる仲間、かけがえのない勇気を与えてくれる人たち。出会ってわずか五年だけど、力になる大切な仲間。

踏みつけられて、捨てられて、でも、立ち向かって生きてきた。これからもそうして生きていきたい。仲間とともに。

今は、今がある。遠回りをしながら歩いてきたけど、これからは、子どもたちだけを愛して生きていきたい。


ふと振り返って思う時があります。少年院を出た、あの十九歳のころに戻りたいと。でもそれは無理だから、せめて、少年院出院者の応援団になって、小さな力かもしれないけれど支えるお手伝いをしたい、そう思っています。

では、私は生きている証をここに綴り、文を終えます。

駆け出し見習いレーサー

けんと

現在僕は地元を離れ、日本の中心といわれる東京都に住み、アルバイトをしながら夢を追って、日々悩み苦しみながら今までの自分と戦っている。

幼少期

僕は、平成六年五月十二日に生まれた。両親と二人の姉に見守られこの世に生を受けた。長男だったので日本の風習で言えば跡取り息子として喜ばれた。生まれてきたばかりの僕はすぐに風邪をひいてしまい、喘息にこそならずに済んだが普通の子どもに比べて気管支が弱くなってしまったらしく、この世に誕生してすぐに早速みんなに心配をかけてしまった。

　保育園に行きはじめ、キックボードや外遊びが大好きなわんぱく小僧は、すくすくと育っていった。家族からもとてもかわいがられ、この頃は全くわかっていなかったが、今思えば不自由のない恵まれた家庭だった。そして僕は順調に育ち、山に囲まれた田舎の小学校に入る。

人生初のアクシデント

　母方の祖母が入学祝いにＢＭＸ（タイヤやハンドルをクルクル回す競技用自転車）という自転車を買ってくれて大喜びしていた。そして入学式が終わり、待ちに待った最初の行事「歓迎遠足」が近付いていた。買ってもらった自転車にうきうきしながらまたがり、近くの友達の家に遊びに行っていたときに交通事故に遭った。

　僕の家は山の上の方で、降りる時はなかなかエキサイティングな下り坂が待ち受けている。その日もエキサイティングな下り坂をエキサイティングに駆け下りていき、終点的なＴ字路に飛び込んだ。その瞬間、そこから病院のベッドへと記憶まで飛んでしまった。

　目が覚めたときのことははっきり覚えていないが、七時間意識が戻らなかったらしく、両親、姉二人をまたしても心配させてしまった。車にひかれ一〜二メートル空を舞ってボンネットに頭から落ちた僕は、不幸中の幸いとしか言えない無傷に近い状態だった。外傷はほぼなく一週間で退院できた。

長かったのはそこからだった。その事故で僕は高次脳機能障害という後遺症が残ってしまった。特に自分では変わりなかった。物忘れや集中出来ないのはもともとひどかったから。調べてみると、記憶・注意・計画を立てて行動する事が出来にくい障害があるそうで、確かに今思えば、いつも行き当たりばったりな人生だ。

その事故のせいで遠足にも行けず、六年間何回も学校を休み、母と脳の検査に行っていた。いろんな病院に行き、遠いところではつくば大学病院まで行った事もあった。

やんちゃな少年時代

小学校に入った時は百二十センチだった身長も少しずつ伸び、横も大きくなった僕は、四年生になると百四十センチ七十キロを超えていた。その頃は周りの子よりもひと回り大きく、その体型をからかわれてよく喧嘩をするようになった。喧嘩になれば負けることなく、相手を張り倒すのは簡単だった。

二つ年上の五人組がいた。いつもそいつらと喧嘩していた。一度、喧嘩していると腕を噛まれ「噛むとか卑怯やろうが」と言ったら「喧嘩に卑怯もなんもあるか」と言われ、家にあった母の高校時代の金属バットを持ってそいつの家に行ったこともあった。その時はすれ違った近所の人たちが母に言って、相手の家の玄関で捕まってこっぴどく叱られた。「やるなら手でやれ、武器は卑怯者が使うもの」と言われ、謝って帰った。

野球との出会い

その頃、力のあり余った僕は、みんなで公園に集まり野球をするのに夢中になっていた。グローブとバットを母にねだって買ってもらい毎日やっていた。そのうち何人かがちゃんとした野球チームに入って、来なくなった。僕の保育園からの親友も硬式野球に入り、当然僕も誘われ、母に頼んで体験入部に行った。

そこは今までのお遊びとは違い、真剣そのものだった。マシンバッティングやユニフォーム、指導者がいる、親がサポートに来ている。活気と叱る声が飛び交っていた。何よりも心を奪われたのは遊びの時の軟球とは違う硬球を打つ音にしびれた。「俺もあげん飛ばしてみたか」心は決まっていた。そこから苦しくも楽しい野球生活が始まった。その時僕は五年生、他のチームメイトに比べるとだいぶ遅いスタートだった。

デブで足は遅い、守備も下手で取り柄は打つことしかなかった。初めて出してもらった練習試合でスリーベースヒットを打った。普通だったらランニングホームランだけど……

そこから少しずつ試合に出るようになって、死にそうなくらいキツい練習に耐え、4番バッターの座を手に入れた。

六年生になると横が減って（死にそうな練習により）百六十センチ六十キロになっていた。他のチームよりも確実にキツい練習についていけた成果は全国大会準優勝だった。頑張ってよかったと思った。

始まり

それから地元の中学に上がり、硬式のクラブチームに入った。一年なのに試合に出してもらったりもしたが、変化球の壁、三年生と一緒にやるのはとてもむずかしかった。学校に関しても、勉強なんて真面目にしてこなかったし、面白くないので一年の二学期から行かなくなった。

そこから少しずつ悪い道に走った。僕の中でタバコは悪い事という感覚はなかった。小さい頃から両親が吸っていたし、初めて吸ったのは小学校二年の時だった。父のタバコをこっそり抜いてトイレで吸った。ワクワクしながら吸ってみると超むせた。おいしくなかった。でもその秘密が新鮮でときどき吸っていたから、中学で両親にばれた時も、あまり悪い事をした感覚はなかった。他の中学校の奴ともつながり、夜遊びをしだした。姉の原付を勝手に乗ったり盗んだりもして、夜中に集まり始めた。すごく楽しくて大人になった気分だった。

万引き、窃盗が当たり前になり、次第につながりも増え、先輩とも知り合いになった。単車がキラキラして見えて音に心奪われた。運転させてもらって乗れるようになって、次は単車を盗んだりもした。友達の中には家の車に乗ってくる強者もいた。

捕まった事もあった。でも初犯だったり、軽い罪ということで留置所に入る事もなく怒られて終わりだった。そして中型免許を取り、自分のバイクを手に入れた。塗装もされていて三段シートにロケット、なんでもできる気がした。それからは毎日のように暴走した。後ろにパトカーをくっつけて走る「ケツ持ち」がお気に入りだった。

楽しい絶頂期、先輩が現れて僕たちはくらされた(なぐられた)。愛車を取り上げられ「金を持ってこい」と言われた。誰にも言えない状況で僕たちが出した方法はひったくりだった。皆、いやだったと思う。僕もいやだったから。でもどうしようもないし、おじけ付いたら格好悪いから引けない。結果的に取れた物は鞄などだけで、人を傷つけた事だけが心に残り、親に代償を払ってもらった。あの時、傷つけてしまった人たちには、今でも本当に申し訳ない気持ちでいっぱいだ。

初めての少年院

そのひったくりや暴走で、僕は初めて手錠をされた。留置所では時の流れが果てしなく遅く、暇だった。いつ出られるのか、この先何があるのか、不安と絶望しかなかった。それでも家族は被害者への謝罪や差し入れ、面会などをしてくれ見放さずにいてくれた。

鑑別所に移り日課を過ごした。僕は反省もせず、ただやり過ごせば出られると思っていた。単独室から鉄格子に顔をあて横の部屋に話しかけたり、テレビの時間に大好きな尾崎豊が流れれば注意を無視して歌ったりした。鑑別所の人から見て反省のはの字もなかったと思う。

その結果、審判の日に出られると高をくくっていた僕は「中等少年院一般短期処遇」という当然の行き先へ向かった。横で母と父が今後どうやって更生させるかを語る様子を見ながら、母の涙が僕の心をえぐった。そして初めての少年院へと車で連れて行かれた。

ここは軍隊か！

一番最初に手荷物検査などをしながら、鉄格子の窓から見えた景色にツッコミたくなった。一列にビシっと並んでいて、二十人ほどの組がいくつかあったが全員の手足がピタっと揃っていてムカデみたいだった。「俺、こんなとこで半年も生活せないかんと？」と思った。先生から渡された服はタンス臭くて誰が着たのかわからないような、昭和っぽいジャージだった。

単独室で寝て起きるたびに夢が覚めて、ここは家ではないかとかハリーポッターの最初のシーンみたく魔法使いが助けに来てくれないかと考えては、次の日も寒い部屋でスピーカーから流れてくる音楽で目を覚ます日々。

そして少し慣れてきて集団室に移った。生活自体は苦しいけど、どうあがいてもやるしかないと切り替えていた。

僕が入ったのは十一月から四月までの寒い冬の季節だった。しかも海辺の少年院だったのでとても寒かった。特にいやだったのがカッター訓練で船をみんなで漕ぐ訓練とトライアルランという三十分間走る訓練だった。カッター訓練では、寒い中、皆で十キロのオールを持ち、息を揃えて船を漕ぐ。冬でも汗をかき、お尻の皮が剥けていた。そしてトライアルランは三十分間たとえ吹雪でも半袖半ズボンで走らされた。ノルマはなく自分との戦いだった。

そして半年間の収容期間を終える時期が近付いたが、僕には特にやりたいこともなかった。出てから何を食べよう、誰と遊ぼう、何を買おう、それればかり考えていた。

難しい壁

そして少年院を仮退院した。何の目標も持たず、ただ自由を求め出てきた。最初は少年院に戻りたくない気持ちがあったから、悪いことだと思うことは断っていた。でもやっぱり何も持っていない僕は流されてしまった。

また暴走を楽しみ始めてしまった。スリルと仲間とのつながりを求めていたからかもしれない。暴走はエスカレートしていき、また捕まった。留置所を経て二度目の鑑別所に移った。前回少年院を仮退院してから半年も経っていなかった状態なので、僕の頭の中はすでにどこの少年院だろうということしか考えられなかった。

しかし、審判で下された処分は違って、二つ目の保護観察の掛け持ちというものだった。

僕も家族も予想外だった。ちょうど入院していた祖父にこの事を伝えに会いに行った時、厳格な祖父の涙を初めて見た。自分が周りの人たちをどれだけ苦しめているのか考えた。そしてそれからは父が勤めている工場で働いて、彼女もできマジメにやっていた。が、本気になれるものを持たない僕は、少しずつ少しずつ、心の鍵が緩みだし仕事を辞めて、前と同じように遊び始めた。

セカンドチャンス！の存在を知った母が僕のためになるのではないかと地元の代表をしているYさんと連絡を取り、僕が少年院を出てきた時には焼肉に連れていってもらったりした。

でも、初めてセカンドチャンス！の交流会に参加したのはこの心の鍵が緩みだした頃で、砂浜でのバーベキューだった。少し緊張したがそこは皆が何も隠さずいられる場所だった。自分たちが何をして捕まったという話をするわけではなく、ただその場にいる人たち皆がお互いを受け入れて、今取り組んでいること、何が自分の中で立ち直るきっかけになったかなどを夜遅くまで話した。広島で開催された「セカンドチャンス！全国合宿」にも参加した。そこでもいろいろな人と交流できてすごく楽しかった。みんなで一発芸もした。ただ楽しくしているだけだけれど、それは社会にいるからできることだなと思った。それなのに、僕はまだ懲りてなかった。

再び

その後も何度か昼の仕事もやったけれど、まともに働く気にもなれず、親のスネをかじって毎日夜遊びに励んでいた。

そんな時、一度目に捕まった時に留置所、鑑別所を共にしていたK君と連絡を取り合い、K君とも仲がいい地元の友達数人と合流地点へと車で向かった。K君は別の地域の暴走族の総長をしていた。内面は非常に友達思いで男気溢れる男だった。無茶ぶりはひどいが。そして合流地点に着き、皆でたむろして話し、K君の地元に行こうという話になった。その時の僕はなにも考える事なく、「じゃあ行くか！」という感じだった。いざ車に乗り込むと、五人乗りの車に七人乗っていた。トランクに一人（つながっていて会話が出来る）後部座席に三人、その膝の上に寝転ぶようにして僕が乗った。

コンビニまでは記憶があった。そこから病室までの記憶がなかった。起きると集中治療室にいた。全身が痛かった。横には母がいて、また泣いていた。この景色は二回目だ。「俺、また事故ったんや」、前の無傷さの裏返しのようにケガだらけだった。頭は包帯でグルグル巻き、腕にはギブス、トイレにも行けず起き上がることさえ痛みがひどくきつかった。

すぐにその時の彼女と親、友達が見舞いに来てくれた。

その事故で一人が亡くなり、K君と僕が救急車で運ばれる大ケガだった。K君は股関節の骨折で一生歩けないと言われた。僕は頭蓋骨開放骨折と背骨の横にある突起が三本折れて、左手の小指を動かす筋肉が皮ごと切れていた。後頭部にも縫い傷五センチ程のものが二つあった。皆、あの日のことを悔いていると思う。

そして一週間が経った日に、医者から車椅子でならトイレと売店に行っていいと言われた。それまではトイレ用のホースをつながれていたが、やっとはずされた。親友と彼女を呼び、母が帰ってすぐ「売店に行く」とナースに言って一階まで降りた。そして下に着いて僕が「遊びに行こう！」と言うと、二人は「そうやね、治ったら行こう！」と言ったが、「違う違う！　今よ今！」。僕は車椅子で外に飛び出し、一週間ぶりのタバコに火をつけて少しクラクラする感覚を気持ちよく感じた。

決心が付いた。「抜け出しちゃる」。痛みを我慢してギプスと点滴を引っこ抜いて立ち上がり、車椅子の座席に置いた。車椅子を直す所に置いて二人と抜け出した。当然二人は心配そうに、「戻らな、やばいっちゃない？」「絶対悪くなる、治らんくなるかもやん」と言ってくれたが、僕からしたらそんなことはどうでもいい、今はとにかく遊びたい、外に出たいという考えしかない大馬鹿野郎だった。後先が考えられず、その場のノリと自分が楽しむ事しか頭にない。僕の最大の欠点だ。周りの人の心配も考えられない子ども。今もそれは治っておらず改善に苦しんでいる。

病院を抜け出した僕は、大好きな地元のイオンモールに行った。事故を知っている友達が心配してやってきた。みんなから、「やっぱり一本ネジが緩んでいる」と言われた。何しろ目の上にも後頭部にも腕にも縫いたてホヤホヤの痛々しい傷と青い糸がついていて、背中が痛くて偏った歩き方のフランケンシュタインのようだったから。帰りは違う友達とバイクに二人乗りして帰った。バイクに乗るのがあんなに痛いのは、生涯あれが最初で最後だろう。

帰り着いて家に入る勇気がなかった。両親になんて言おうか、謝るべきなのは当然だが、なんて謝ればいいんだろう、謝っても許されないのはわかってるけど。こっそり部屋に入った。家にいても説教され病院に戻されるかもしれない。僕は自分の単車の鍵を探した。その音に気づき、姉が部屋に来た。

「あんた何しようと?」なかなか見ない剣幕だった。姉もそうとう心配してくれていたんだと思う。そんな家族の思いも知らず僕は「単車の鍵探しようと」と言い探し続けた。鍵を見つけた経緯は忘れてしまったが、姉と取っ組み合いの鍵の争奪戦をした。普通だったら負けてなかったと思うが、ケガをした状態で勝ち取れる程、我が家の長女は甘くなかった。小さい頃は毎日のようにテレビのチャンネル争いで取っ組み合いをしていた。結構、男顔負けな姉だった。

そして母が来た。罪悪感から外に逃げた。最終的に道路で父と話した。「病院に戻らんか、お前の体に何かあったらどうするとか」、それは、どうせ怒られると思っていた僕からすると意外な言葉だった。さらに父は、僕に優しく親の気持ちも話してくれた。なのに、分からず屋な僕は、「通院はいいけど入院はせん。もうあそこにおるのは無理」と曲げなかった。そして両親が仕方なく僕のわがままに頭を抱えながら家に帰った。次の日すぐに病院に謝りに行ってそのあと抜糸もして通院した。

これからも再び?

そしてマジメに仕事をしだしたが、やはり遊びメインのサブ仕事になり、今までの仲間もいて何も目標のない僕は、非行に走り出した。仕事を辞め、恐喝で生活するようになった。この頃には、仲間の数人は車の免許を取って車を買っていた。誰にでも格好つけたがる僕たちは、新しい物にすぐ魅了される。そして「免許がなくても運転できるのに、なんでわざわざ高い金払ってまで免許を取らんといかんのか」と不満を持ちつつも自動車学校に入った。当然そんな考えを持っている人間がマジメに通うわけがなく、キャンセル王子だった。

その頃に仲間内で流行っていたのが「狩り」だった。目が合った、肩が当たった、俺らの地元で単車で吹かした、と言っては、そして相手がどうであれ、とりあえず殴った。相手が金を出すまで。なんでもアリだった。毎日が人の苦しみと痛みの上で成り立っていた。今思い返してもどうしようもないクズだった。そしてやはり報いは来た。それまでに比べると何もしてないような事件で捕まった。

三回目の鑑別所。ミニバスを下りた瞬間、教官から「また来たんか。もう来るなと言っただろう」と笑われた。三回目もマジメに日課に取り組んだ。心の中で望みはないと分かっていても。審判結果は「中等少年院一般長期処遇」。「そりゃそうよな」、三回目も家裁に来てくれた両親に言える言葉はなかった。そして少年院で自動車整備科に入った。少人数で希望しても入れない人も多い所で、僕入れてうれしかった。いろいろなものに興味が湧いた。映画の時間にレースの映画が流れた。「決めた！　俺、レーサーになりたい！」、すぐに親に手紙を出した。とんでもなく簡単で単純な理由だったが、人生で初めてまともな道で自分でしたいことを見つけた。そのことがとても新鮮だった。

それからは出ることが倍以上待ち遠しく思えた。こちらでも成績は優秀。調理生になり、半月期間が短縮した。出院準備の寮では寮リーダーもした。

現実

そして出院した。すぐに一発試験で免許を取り、アルバイトを始めた。アパレル店員だった。出院したばかりだということを打ち明けた上で雇ってくれた。僕の内面を見てくれた。マジメに働き、マイカーも買った。そして半年してアパレルを辞めた。理由は忙しくてレーサーという夢に対して何も時間を作れなかったから。でもアパレルは本当に充実した時間だった。

その後も何も仕事をしないわけにはいかず、コンサートスタッフのバイトを始めた。それがまた最高に楽しい場所だった。仕事にはマジメな僕をみんながかわいがってくれて、どんどん出世した。セクションチーフ、トランシーバー、スーツ。仕事外でもみんなで釣りに行ったりとどんどん仲良くなった。

心の中では、「離れたくないけど夢に向かって何かせんといかん!」と思っていた。

出会い

姉からの情報で三重県鈴鹿にあるレーシングスクールを受けに、一人乗り込んだ。そこは自分が考えていた「スクール」ではなく、スクール兼テストだった。みんなのヘルメットには、スポンサーがバリバリ貼ってあった。カートで現に全日本とかのレースに出ている人たちばかりだった。すごかったし場違いなのが分かった。

でも、そうなったら開き直るしかない。分からないことは基礎でも手を上げて聞いた。「俺だって、夢持っとるっちゃけん」と堂々と。そこで基礎を教えてもらったレーサーの方に僕はすごく惹かれた。「カッコイイ！」この人みたいになりたい。この人に教えてもらえればなれる。そう確信して東京に上京した。

In the 東京

仕事も紹介していただき、いろいろなことでその人に面倒をみてもらっている。仕事の社長にも仕事の先輩にもたくさん迷惑をかけながら、人としての考え方、社会人としての考え方を教わっている。レーサーの師匠（勝手に師匠と呼んでいるが未だに認められてない）に、レーサーになるためのすべてを学ばせてもらう目的で東京に来たのに、僕は教わるべきことの前に、人としての常識や自分の価値観で考えたり行動してしまっていつも怒られている。

何で俺は少し先のことが考えられんのかと、毎日悩んでいる。仕事も信用してもらってお店を一つ任されるなど、学べる環境も作ってもらって今までの人生で使ったことがないぐらい、考えたり自分で計画を立てたり周りの環境を作ったりと、正直弱音を吐きたくなる時もあるけど、でもそれは自分が語った夢のために与えてもらっているステップで、一つずつクリアすれば、その先に必ず自分のためになる事が待っているんだと思って毎日を生きている。

毎回、怒られ叱られるたびに「なんで俺はこんなにバカっちゃろう」と落ち込むけど、叱ってもらえることは、見てくれてどうにかしてやろうと思ってくれている証拠だから、もっともっと自分に厳しく計画性を持って生きようと決心した。

最初の時点で、「二十一歳でレーサー？　無理だよ」「普通は子どもの時からやってるから遅すぎるよ」とか、否定的な人しかいなかった。でも、初めて家族、友人以外で、それも僕の人生で出会った誰よりもレースを知っている師匠が、本気でレーサーになるための道を考えてくれたのがすごくうれしかった。

だからこそ、これまでたくさん人を裏切って何度も失望されるようなことをしてしまったことを後悔している。これからは本気で夢のために人生を賭け、全力で返していつか認めてもらえるように頑張ろうと思う。

応援してくれる家族、友達、支えてくれている全員の気持ちを裏切らないように。

これから旅立つ人へ

僕のクズでどうしようもないこれまでの人生の歩みを読んでくれた人の中に、これから少年院を出る人、出た人、あるいはそういう少年を支える人、いろんな人がいると思います。そうした人たちに、僕が伝えたいことを書きます。

読んでわかるように、僕はまだ夢にも近づけていないただの人です。何もできていないし、スタート地点にも立てていません。そんな僕ですが、夢や目標を持つと人は変われると思います。それは夢を持って今までの人生を変えようと決心できた自分がいるから言えることです。今もいろんな壁にぶち当たってはいますが、夢があるからそれをどうにかしようと思うし、くじけず頑張れます。そしてその夢は無理に見つけるものじゃなく、ふとした事や家庭を持つ事、人それぞれだと思います。

もうひとつは、少年院に行ったからといって罪が消えるわけではないと思っています。僕は左の肩から手首にかけて真っ黒のトライバルのタトゥーがあります。それは僕の中で一生罪の意識を忘れないためにあります。僕は少年院に行った、刑務所に行ったから、謝罪したからそれでいいとは思っていません。だから仕事とかで隠さないといけない時以外は隠してません。だからといって犯罪者として生きろと言うわけでもありません。僕は、それも知った上で受け入れてもらえる人間になろうと努力しています。これは僕の考えで、いろんな考えがあると思います。

これから破竹の勢いで夢をつかめるよう励むので、応援よろしくお願いします！

我慢強く

かつや

はじめに

今年で僕も三十七歳になります。月日が経つのが早いなぁ、ふとした時にそう感じます。今は、自分が立てた将来の目標に向かって進んでいる途中。僕の将来の目標＝『保護司になること』。本当に僕がなれるのか、正直わからないけど、今の僕がこうして社会と向き合い、自分と向き合い、真剣に考えて毎日を過ごしていられるのも、僕のことを見捨てずに支えてくださった人たちのお陰なんです。

僕の家族は皆バラバラで、それぞれ自分の好きかってにやっています。周りの家族を見渡せば、僕の知らない羨ましい光景ばかり。幼少の頃から裕福な生活はしたこともなく、貧乏そのものでおこづかいなんて貰ったこともないし、誕生日なんて祝ってもらったこともありません。子どもの頃から、「早くこの家族から離れたい」「自分で一人暮らしをしたい！」「たくさん仕事をしてお金を稼ぎたい！」、そんなことを常に考えていたように思います。自分の将来のことなんて何も考えられなくて……。

小学生時代

小学生時代、僕は友達も少なく、内気な少年でした。親はヤクザ。母親はいつも親父にこびを売って、口答えすれば暴力を受け、そのストレスを子どもに当たっていました。本当、最悪だった。そんな自分が真面目になれるわけがなく、気が付いた時には悪いことに手を染めていました。親の財布からお金を盗んだり、お店の商品を万引きしたり、人の物を盗んだり。

でも、自分にも好きなものはありました。乗り物が大好きだったんです。自転車、バイク、車……。僕が一番はじめに無免許運転をしたのは、小学三年生の終わり頃。仲の良い友達の自宅近くの駐輪場に停めてあった原付バイクを運転したのがはじまりでした。免許を持っていないのに運転してはいけないことは分かっていたのですが、少しだけならいいだろうと思い乗りました。すごく楽しくて、運転の楽しさに目覚めてしまい、それからいく度となく無免許運転を繰り返していきました。警察に見つかったらどうしようという感情はありましたが、小学生の頃は警察に捕まることもなく、何度も運転していました。しかし、そんな行為がのちに大きな事故を起こすことにつながってしまうのです。

中学生時代

中学校に進学すると、今度は車に興味を持ちました。「運転したい……」そんな気持ちでいた二年生の夏休みのこと。親が車に鍵をさしたままどこかに行ってしまっていました。こそっと運転しました。運転の操作は、助手席から親の運転を見ていたので、すぐにできました。最高に楽しかったことを覚えています。

その後はしばらく運転せずにいましたが、中学最後の三年生の夏に友達の実家に遊びに行った際のことです。夜中に家を抜け出して友達と一緒に夜道を歩いていたところ、路上に軽自動車が放置されていました。中を覗いたら鍵がささっていました。友達に「俺、車の運転できるから乗っていこうぜ！」と言い、友達を助手席に乗せました。そして、人気のない山道まで行き、車を運転して遊んでいました。

警察が来ることもないので、二人でどんどんスピードを出していきました。そうして運転に慣れたころ、僕たちは事故を起こしたのです。

その時は、僕は助手席で友達が運転していました。スピードの出しすぎでカーブを曲がれず横転。友達は額と肩を打っただけでした。でも、僕は窓から手を出していたので指を挟み大怪我をし、血が止まらない状態でした。友達の自宅に戻ると、家の明かりが付いていました。家に入るとすごく怒られ、さらに傷を見てもっと怒られ、どうしてそんな怪我をしたのかを聞かれました。僕たちは「暗くて高い所から落ちた」と、うそをつきました。何か違うことをしたのだろうと感づかれていましたが、車を運転していたなんて言えず、言い張りました。

翌日、事故をした車が気になって、事故を起こした場所に行きましたが、そこには車はなく、タイヤの跡だけが残っていました。「警察に捕まってしまう」、そう思い、毎日ビクビクして暮らしましたが、どこからも呼ばれることはありませんでした。それからしばらくは、運転を控えていました。今思うと、あの時、人を轢かなくて本当によかった。二人とも死ななくてよかったと思います。

大事故に

その後、僕は高校に進学をせずに、仕事に就きました。

十七歳のある日の夜、その頃付き合っていた先輩と遊んでいました。その日、止まっている一台の軽自動車があり、また、車の中に鍵がありました。エンジンがかかったので、僕たちはそのまま乗って公道を走りました。

今でもその時の事ははっきり覚えています。赤の点滅信号が見えたので、無視して走っていきました。するとその赤の色が後ろから追ってきて、サイレンが鳴りました。少し眠くて、見間違えたのです。その赤い光は信号ではなく警察で、僕たちは警察から追われていたのです！

「前の車、止まりなさい！」

僕は、助手席で寝ている先輩を起こし、警察に追われていることを伝え、そのまま逃げていきました。時間にしたらおよそ三十分くらいでしょうか、信号無視を繰り返し、前に車が並んで止まっていたのでそれを追い抜いて反対車線に出ました。そのとき、対向車と正面衝突！　大事故を起こしてしまいました。僕と先輩は怪我を負いましたが、捕まるのが怖くて車から出て逃げました。しかし、結局逃げられず、僕は警察に捕まりました。先輩はあの状況からどうにか逃げ、僕が捕まった三ヵ月後に捕まりました。

少年院に、そして刑務所に

僕は、その事故で初めて少年鑑別所に入り、そのまま少年院に移送され一年間、社会とは別の世界で生活を送ることになりました。少年院で生活している間も、事故にあわせてしまった被害者の方々との話もなかなかまとまらず、少年院を出院するまで話し合いは続きました。本当に相手の方には大変なご迷惑をかけたと、今でも思います。

僕は、捕まって少年院の期間が終われば自分が起こした罪も終わると思っていました。しかしそれは、自分が勝手に作った罪の意識から逃げる口実に過ぎないことだったと今は分かります。それからはまじめに生活をしていたのですが、あと数ヵ月でまた免許が取れるという時に、また失敗をしてしまいました。

それは六年前のこと。僕は、現在働かせていただいている会社の社長に「免許を持っている」とウソの報告をしていたのです。そしてある日、社長を助手席に乗せ車を運転しました。その時、シートベルトのことで警察に停められ、その場で、無免許だということがばれてしまいました。その結果、在宅起訴で出頭日を告げられ、刑務所に行くことになったのです。

自分でも、大切な人を騙したことに心が痛くなって、ここで自分を見直さないかぎり本当にダメだと思いました。そして、一日一日の刑務所生活の中で、周りに流されることなく、心を入れ替えて生活を送ることができました。それができたのは、こんな僕でも見捨てずに心のこもった言葉で励まし続けてくれた人がたくさんいたからです。

・人の大切さを知り、自分に大切な人たちを裏切らないこと。

・自分がすると決めたことは、あきらめず最後までやりとげること。

そんな大事なことを教えてくださったのが、過去に僕のために真剣に向き合ってくれた保護司の先生や僕の周りにいてくれる大切な先輩たち。そして僕のことを信頼して仕事を任せてくれている社長さんや同僚たちです。今は、こうした人たちに日々感謝しながら、自分の時間を大切に過ごしています。

現在

僕は今、本当に充実した毎日を過ごしています。最近では、一日の短さにあせっている自分がいて、「あと四～五時間足りない。朝起きて仕事に行き、午前中が過ぎればあっという間にもう夕方。空も暗くなり夜がきて、仕事から家に帰って来て、寝たらすぐ朝が来る……」、こんなふうに考えて生活できるようになれたのも、過去に何度となく失敗をし、社会から離れ、高い塀の中で厳しい生活をしたことで、周りの人たちの温もりや相手を思いやる気持ちが伝わり、自分を育ててもらえたからだと思っています。

僕は、これまで書いてきたように、過去に少年院、刑務所にお世話になっています。罪名は「無免許運転」「傷害罪」「集団危険行為」などで、道を外れたのは無免許運転が始まりです。最近テレビで人身事故のニュースを見るたびに、もし自分が加害者だったら、その後の人生をどのように生きていけばいいのか、考えると苦しくなります。被害者の立場で考えても、もし突然自分の大切な人が奪われたらと思うと、いても立ってもいられなくなります。

今は、自分が進んでハンドルキーパーになることで、自分の周りの大切な人たちが飲酒運転をしないようにと考えています。そして、ふとした時に、例えばパトカーが視界に入ったりすると、無免許運転をしていた時の気持ちを思い出し、たまに不思議な感覚になります。

「俺、今、免許をもって運転しているんだよなぁ……、本当かなぁ」

財布を開けて免許証があるのを確かめて、安心します。

「あぁ良かった。免許証を失わないようにしないとなぁ」

今、免許を取得して一年と数ヵ月が経ちましたが、取得した時よりは責任を持って車のハンドルを握れるようになっています。

相変わらず警察嫌いは直りませんが、車を運転する上で大切なことに気付くこともできましたし、まず社会人としてルールを守る大事さに気付くことができました。それも、「セカンドチャンス！福岡」に参加することで、自分と向き合うことの大切さを学んだからです。先輩方に指摘していただくことで自分を見失わないこともできていますし、何か物事を行う際は、よく考えて行動するようにもなりました。

最初に言いましたが、今年で三十七歳になります。四十歳まであと三年。いやでも時間は過ぎていきます。一分一秒を無駄にしないように考えて生きています！

世界一の歌手を目指して

藤本 裕

空は青く澄み渡っている。ポカポカ陽気。なのに目の前には鉄格子。規則だらけの世界。

「こげんとこで終わるか！」

不器用にしか生きてこれなかったが、もうかれこれ八年は留置場には行っていない。これから行くつもりもない。

狂いはじめた歯車

生まれ育ったのは、美しい観光の街。そんな素晴らしい街とは対照的に、母と姉とぼくの家族の仲は全くよくなかった。保育園を卒園するまでは祖母の家で暮らしていて、居心地がよかった。ところが小学生になろうかという時に、まさかの引っ越し。原因は母と祖母の仲が悪化したからだった。その時は、「まぁしゃあないか」と思っていた。だが、これまで二階建ての一軒家で広々と過ごせていたのが、六畳ほどの部屋が三つしかないポンコツアパートに住むことになった。

「なんやここ」、そう思いながらも、しばらくすれば慣れるだろうと思うことにした。母は一人で気張り、ひとつひとつが厳しかった。始めは素直に従っていたが、あれもこれもと毎日のように続くとさすがにイライラしてくる。そして言い返すとなぜか姉とタッグを組んで反撃に出てくる。気まずいと思っても扉一枚の先のそこにいる。気が休まらない。口ゲンカに勝てれば安心するので、二人に負けないように口が悪くなってくる。毎日のように続いていく。

バカにされたり、ナメられたらムカつく。小学校でもそういう態度が少しずつ出てくる。調子にノってるヤツがいると首を絞めたり、背中に思いっきりひざ蹴りをくらわしていた。

ある日、同級生の男子たちが担任に被害を訴えた。みんなの前に担任から呼び出され、机を蹴りながら怒られた時はひたすら怖く、ずっと泣いていた。それでも学校をサボることはなく、勉強もスポーツも並以上にはできていたため周りからは「真面目」と言われていた。とりわけ掃除に関してはがんばっていた。

ところが小学六年生の時。いつも通り熱心に掃除をしていると、ガンッという衝撃が走った。「え？　なんや？　なんかめっちゃ、血の出とるー！」。ぞうきんがけをしているところ、小さな机に気づかずモロに顔面から直撃したのだ。結局、左目の周りを七針縫うという、当時にしてはとんでもない大ケガをしたのだった。

そこでふと思った。「あ、なんか真面目にやってるの、アホくさい」。

それをきっかけになんとか保てていた歯車が、少しずつ狂いはじめた。幼い頃、母からやりたくもない習い事をよくやらされた。水泳、ボーイスカウト、バドミントン。反抗すると反抗し返される。ひたすらその繰り返しだった。バドミントンは特にキツかったからいやだった。コーチ陣もレベルが高く、まったくついていけずに何ひとつ楽しくなかった。

だから中学では一番楽そうな卓球部に入った。適当に楽しむと思っていたが、たまたま市内で一番の所に入ってしまった。練習が本当にキツかった。でも下手っぴのままじゃ悔しかったから一生懸命やった。最後には市の団体戦で優勝できた。全試合に出て個人の成績としては全勝だった。が、勉強にはなぜか興味が持てずにいたため、第一志望の高校には落ちてしまう。なんとか滑り止めの私立校に受かり、「まぁなんとかなるやろ」ぐらいに思っていた。

一匹狼。もう全てがイヤになる。

ろくに勉強もしてなかったのに、入ったクラスはなぜか進学コース。情熱が残っていたため、また卓球部に入った。だが、日を追うごとにテストやら大学の話やらでプレッシャーがかかり出す。授業、予備校、テスト、復習、予習。テストの結果で誰がよく誰が悪いかの比較。電車での移動中でも暗記に時間を使う。するとある日、負けず嫌いのスイッチが入る。

「あ〜なんかガリ勉っぽいヤツに負けるともうイヤや。トップになったる！」

これまで以上に勉強に力を入れるようになる。部活を辞める。自分に厳しくなる。他人にも厳しくなる。家族や通りを歩いてる人、世の中にも厳しくなる。家族との口ゲンカは継続中だった。

いつしか学年のトップテンに入ったり、全国模試の英語の長文で、満点をとるまでに成長した。高校三年生になるといよいよ受験モード。その頃にはイヤでも将来のことを考え始めた。何百ページもある職業紹介の本を読む。一通り見終わった後、思った。

「なりたい職業がひとつもない。じゃあこれから大学に行って勉強してもムダやん。なんのためにこれまで頑張ってきたんやろ」。そこから学校をサボるようになる。未来が見えない。担任とは、冗談を言い合っていた関係が、いつしかまた会ったら殺すぞと思うまでに悪化する。家族との仲も究極に悪くなる。負のスパイラル。たまに学校に行くも誰からも声をかけられなくなっていた。たしかに周りを近づけないオーラは出していた。一匹狼。もう全てがイヤになる。

みんな死ね

卒業まであと少しというところで、ついに学校を辞めた。幸いなことにこれまでのことを予備校の校長先生に話したところ、しばらく面倒を見てもらえるということになった。素直に甘えた。初めての家出。もはや友達は誰一人としていなくなり、家出先しか居場所がなくなっていた。

どういうことだろうか、これまでのうっぷんを晴らすかのように、むさぼるように音楽を聴いた。この頃はとりわけ海外のラップばかり聴いていた。マンガを読み漁った。映画を観まくった。でも心の隙間は埋まらなかった。数日たち、いろいろと考えた結果、とりあえず家に帰ることにした。ちょうどクリスマスの季節。母とは口も交わしたくなかったので、メールで姉にこう伝えた。

「家に帰る。でもあんたらを許したわけじゃなかけん」

無意識に「ごめん」の一言を期待していたのかもしれない。この頃は精神的にめちゃくちゃキツかった。何も全ての原因が家族にあるとは思っていなかった。しばらくして返事が来た。

「許すとかしらんし。あんたが勝手に怒っとるだけやん」

今まで張り詰めていた何かがプッンと切れた。「あぁ、もう無理や！　何も理解しとらん、こいつクソやろ！」、誰からも理解されない、そう思うと急に悲しくなり、涙があふれてきた。体の力が抜け、地面にゆっくりと横たわっても泣き続けた。そしてキレた。

近くにあったマンションの駐輪場でタバコを吸っていたのでポケットにライターがあった。「何も分かっとらん大人ども、社会の連中どもに、復讐したる」

手始めに集合ポストの郵送物に火をつける。火を見て楽しくなりゴミ捨て場のゴミに火をつける。またしても楽しくなり、しまいに見ず知らずのお店のドアの前にゴミ袋を置き、みんな燃えてしまえと思いながら火をつける。心はガタガタ、足はグラグラ。深夜の三時ごろだった。

少し歩きバス停のベンチで寝てると警察から職質を二回受けた。疲れたから寝てたと言

い逃れた。家出先のドアは開いておらず真冬のクソ寒い中、薄手のジャージだったことも
ありブルブル震えながら一睡もできず公園で朝を迎えた。

あ、もうだめやな

頃合いを見て戻るとドアが開いていた。ソッコーで寝た。ただ、火遊びのことは頭から
離れなかった。夕方に目覚め、ふとテレビをつけるとニュース番組が流れてた。ニコニコ
顔で話していたキャスターだったが、次の記事を読もうかという時に急に険しくなった。
なんと昨日の火遊びがテレビ番組で取り上げられたのだった。直感で思った。
「あ、もうダメやな。職質二回も受けとるし。証拠のライターは現場に捨てとるし。そい
けど行くとこなかけんな〜。死ぬ？　いや死にとうなか。うーん、行くとこなかけん、自
首か」
誰にも告げずにこっそりと警察署に行った。窓口で事情を話すと周りがざわつく。担当
した刑事さんも驚いていた。「これまで三十年やってきたけど、自首してきたのは君が二
人目だよ」
居場所が作れたことはよかったが、監視カメラに四六時中見張られてる感覚は本当にイ

ヤだった。やることがなく、時間の流れは恐ろしく遅かった。

一週間ほどたった後、少年鑑別所への扉が開く。

学校の制服代わりに作業衣が渡される。集団行動が苦手だったため、誰かと一緒になるのはイヤだったが、幸いなことに一人だけだった。八畳はあったと思う集団部屋に一人。犯してしまったことは悪いと思いながらも、全ての面倒ごとから離れられたことが、この時、何より嬉しかった。ごはんは三食出るしおいしいし、ラジオも一日中かかってる。小休憩の時は筋トレをしてリフレッシュしたり、夜には好きなテレビ番組が見れる。

年末年始にかけての収容だったため、年越しそばが出、紅白が全部見れた。お正月にはお菓子も出た。張り詰めた状態が続いていたためか、本気でここはパラダイスかと思った。このまま時が止まってしまえばいいのに……。


「藤本くん、面会です」「藤本くん、お母さんが来ましたよ」

申し訳なさそうな顔をして何か言っている。怒りで全く耳に入らなかった。

「顔も見とうなかけんこげんとこまで来たとに、どこまで来るんや！　あぁ？」。母に向けて机を思いっきり蹴り飛ばして、面会室を立ち去った。

毎日書く日記は適当だった。反省ゼロ。このままだと少年院っていうところに行くらしいと、鑑別所の先生から言われる。「は？　少年院？　知るか！　こうなったら行くとこまで行ってやる！　どっちみち行くとこなかしな！」心の中で思ってた。

前例があるかどうか分からないが、弁護士と検察官のお二人に少年院に入れてくれるようお願いをした。本来味方である弁護士の方も、本来敵である検察官の方も驚いてた。審判の日、希望どおり少年院行きが決まった。中等少年院という所だった。ぼくは内心「よしっ」とガッツポーズ、母は隣りで泣き崩れていた。

少年院ってこんな感じなんや

キレイな建物。渡り廊下。わりと広い運動場。みんなボウズ。顔つきを見てもそんなに悪そうに見えない。「ふ～ん、少年院ってこんな感じなんや。なんとかやってけそうやな」。少し伸びたくせっ毛がサラサラっと落ち、丸刈りになったぼくは鉄格子の中で一人思ってた。

最初の一ヵ月は誰もが一人部屋からのスタートらしい。その後は集団部屋に移るという。その時に必ず何かしらの勉強の科目を選ばなきゃいけなかった。期間は少し伸びるけど、将来一番役に立ちそうな自動車整備科を選んだ。全国の少年院に二つしかない科目ということでテンションが上がった。トヨタもスカイラインも意味が分からなかったが、車の知識が増えて理解できることが多くなったことは嬉しかった。

集団部屋に移ると三十人ぐらいの前で簡単な自己紹介をした。新入りだからかみんな興味津々で聞いてくる。出身は？　なんしたと？　音楽はどんなの聴くと？　基本的に私語は禁止だったが、ある程度の融通は効いた所だった。一週間に一度は麺類は出るしパンも出るし、ときどきお菓子も食べれる。筋トレは週末に意味不明な量をやらされていたが、体を鍛えることが好きだったので、気合い入れてやった。

新聞は読めるしテレビも見れる。同じ非行仲間として気が合うことが多く、順調に行くかと思ってた。

生きる理由

やっぱり一匹狼なんだろうな。周りの人とは生きてきた環境が違うし、進む方向も違う。会話が噛み合わなくなる。集団生活に合わせることがキツくなってきて、少しずつ周りの人と距離を置くようになる。気に入らないと思われてくる。

変化は少しずつだった。周りから悪口や陰口を言われたり、しょうもない嫌がらせが始まる。言いたいことがあれば一対一でハッキリさせてきただけに、陰でコソコソされることは本当にムカついた。しまいにはストレスで、一時、呼吸困難に陥った。「こげんとこで死んで終わるか！」、家出してる時に見たアーティストのプロモーションビデオが頭によぎる。「ラップって自由やな。やりたい仕事ないし、音楽だけは昔から唯一好きなモノやし、ちょっとラップやってみよっかな。いや待てよ。落ちるとこまで落ちたんやけん、てっぺん目指そう！　日本一？　いや世界一や！　傷ついた人の励みになるのは音楽が一番やろ。」

うっすらとあった夢を実現させるように動きはじめた。日々の日記や内省、親への手紙、被害者の方への反省、資格取得への勉強、読書、テレビ、新聞、ときどきあった講話。気づいたこと、学んだこと、そういったものをひとつひとつ、私物の参考書に書いていった。今のままだとまた少年院、もしくは刑務所行き、病気で倒れ、家族とは不仲のまま。そんな未来、絶対にイヤだった。これまでに見たことのない、なりたい自分になるための努力を始めた。日中はもちろん、寝る時間が来てもベッドの中で毎日三時間は考えまくった。吸収したことはすぐに行動に移した。失敗もたくさんしたが少しずつ人間関係というものが分かってくる。ストレス回避もうまくなる。時間が経ったこともあり、懲りずに面会に来る母と、くだらない会話ができるまでになっていた。

本当の意味で生きる理由を見つけられた気がした。今でも思うが、間違いなく夢がなければ死か廃人、殺し屋の中の殺し屋になっていたと思う。少年院生活も、夢がなければ乗り越えられなかったと思う。

出院後に待っていた現実

出院までにかかった期間は一年三ヵ月。最初から真面目に生活していたわけではなかったので、何回か進級保留になったが、取れる資格は全て取った。先生方に感謝しながら、足取り軽く母と家に帰った。

「なんじゃこりゃ！」、実は、出院のちょっと前に、住み慣れたアパートを改装するということで立ち退きにあって、自力で新居を見つけ住んでいるという。その新居はというと、夢にまで見た二階建ての家だった。自分の部屋があること、愛猫が元気でいてくれたことが本当に嬉しかった。

最初のうちは、ぼくが家族みんなとは仲良くやろうと固く決めていたので、少々のことは気にならなかった。ただ、今までと考え方を変え、話し方も少年院独特の話し方になっていたためか、少しずつ狂い始める。均衡が崩れたのは、姉との関係だった。姉の気持ちなんて気にせず、自分は勝手に期待してたのだろう。ところが姉は以前よりもさらに攻撃的になっていた。僕は一生懸命考え、行動してきた少年院での一年があったため、変わっていない二人に感情的になりやすくなっていた。

面と向かって言い合うことになった。ドスッ。鍛えまくった体から放たれるグーパンチ。顔はかわいそうだからと肩を思いっきり殴った。二階にいたが、懲りずに文句を言ってきたので追いかけた。姉は階段から転げ落ちた。そして振り返らず家から飛び出し、戻ってこなかった。母に事情を話すとある程度は納得してくれた。母と暮らすなかで、姉と同様、いい方向に変わってはいないことに気づく。相変わらず小言が多いのだ。さすがに家族の縁を切りたくなっていた。「なんのための少年院だったんだ。努力したのはおれだけか？」「いくらあったら親子の縁切ってくれる？　一億ありゃよか？」、口癖のように母に言っていた。溝は深まるばかり。ある日ついにキレた。台所で何発も母の顔を殴り体を蹴った。今まで強がっていた母が座り込み、ただただ恐怖で震えていた。翌日には姉の元へ出て行った。顔は青く腫れ上がっていたそうだ。

全くもって理想通りにはならなかった。これが出院後に待っていた現実だった。

何やってんだ、おれ

愛猫が一匹家にいたので、そいつだけは面倒みようと決めていた。お金がないとエサが買えないし、遊びにも行けない。だからとりあえず仕事を始めた。居酒屋やコンビニで働くも、すぐに上司とケンカして辞めた。造船所での作業に関してはシンナーが身体に合わず、二日で辞めた。全然長続きしなかった。

しばらくすると、母が家に差し入れを持って顔を出すようになっていた。最初の頃は姿を見せず、置き手紙と一緒に食べ物やお金を置いていった。ちょっとは変わったのかと思いながら少しずつ会話をし、打ち解けていくも、根本から変わっていなかったのが許せなかった。人間なんてそうカンタンに根本を変えることなんてできないのに。理想が高すぎたのかもしれない。でも我慢できなくなった。台所から包丁を二本持って詰め寄った。「分かった。縁ば切れんとやったらここで決着ばつけよう。どっちか選べ！　お前となら刺し違えて死んだとしても悔いはない！」。その瞬間から母はまた失踪する。

その頃、小学生の時からの幼なじみと遊ぶことが多かった。ギャンブルはするが悪さはしない人たちだった。でもその中の一人を家の近くで見かけた。よっ！　と挨拶をしてすぐに街に出た。帰ってくると玄関の靴箱の上に置いてあったメロンパンがかじられてた。特に証拠はなかったが、直感で犯人はそいつだと決めつけた。数日後、呼び出してボコボコにした。

東京で音楽を学びたくなっていろいろ考えていたある日、見知らぬ番号から電話が入る。「被害者の方から被害届が出ています」。罰金刑だった。金額は二十万円。ろくに仕事もせずに親のスネをかじりまくっていたため、そんなお金があるわけなかった。母は「これを使いなさい」と現金で二十万円を持ってきてくれた。でもこの時点で、被害者には生涯残る傷になったし、自分のケツは自分で拭きたかったため断った。

そして刑務所の中にある労役場に行くことを決めた。一日で五千円が返金できるという。もうネジはぶっ飛んでいたので何の抵抗もなかった。中にいる人たちとは、仲良くなるのは得意なのですぐに打ち解けた。せっけんの袋をひっくり返したり箱を作ったりという軽作業は毎日あるが、終わると将棋や筋トレ、五目並べ、競艇の賭けをやってた。

でも数日後、「この世で一番の底辺で楽しんでどうすんだ。なにやってんだ、おれ」。進む方向が大きくズレていることに改めて気づく。そして本気で誓った。

「もうこげんとこ二度と来るか。本気で夢をかなえてやる！」

一直線

それからは、地元で音楽活動を頑張ることにした。ガソリンスタンドで働きながら。少年院で取った資格を活かせたのがよかったのか四年近くも続いた。

なってもいないんだが、ラップでは頂点に立っても満足できないと感じ、「世界一の歌手」に目標レベルを上げる。それから畑違いの合唱団に入る。最初はドレミのドの音も合わなかったが、次第にメンバーとして認められていく。地方大会にも連続出場、身内の中ではあるがついに個人的に賞まで頂けるようになった。誰からも文句を言われずに認めて頂けたことは嬉しかった。

　地元の音楽事務所に、歌の仕事はあるか聞いたことがあった。ないと言われた。でもバンドならあると言われた。そこからギターを始めた。ソロでライブに出た。バンドを組んでも出た。小遣い程度だが音楽でお金も稼いだ。ベースもキーボードも少しずつ弾け、ドラムも少しずつ叩けるようになる。悩みに悩んだが、いろんな方の支えがあり、二十七歳で東京行きを決めた。都内の音楽事務所が管理する寮が、現在の活動拠点。今はテレアポと居酒屋のホール、経済関連、資産運用をしながら、毎月安定して生活している。ギターとスーツケース、片道チケットを持って一人で未開の地に来たが、今では気の合う音楽仲間、気軽に飲みに行ける女友達、素晴らしい社長さんがいる。

若くしてこれから経営者として羽ばたく金の卵たち、数少ない大切な友達もできた。イベントのスタッフとして多くのアーティストを間近で見たし、フェスの会場や東京ドーム、武道館も職場として体感してきた。今はまだ小さなライブハウスでしか活動できていないが、夢に向かって一直線だ。アホなことやって檻の中に入ってる時間なんてもうない。

母ともかなり仲良くなっている。冷静に考えれば、母のメンタルはとんでもなくタフだと思う。

セカンドチャンス！は、出院して数年経った後で、初めて知ったボランティア団体だった。人と人とのつながりで紹介していただいたことがきっかけだった。

ぼくはまだまだ夢の途中。そんなぼくでもみなさんは応援してくださる。受けた恩は返したい。自分が変われば周りが変わる。結局、自分が気づかない限り一生変えることはできないと思う。ぼくがそうだったから。でも、もし、かつての僕のような人がこれを読んでくれていたら、そのキミには、少なくともそこまで行ってほしくない。刑務所に行かなくても気づけることだから。

母や姉、世間に対して好き勝手を書かせていただき、申し訳ないと思う。でも、自分の思いを発信する機会を作っていただき、ただただ感謝するだけだ。被害者の方へは、これからも音楽をすることで誠意を見せていこうと思っている。

失敗は成長の糧になる

出田 正城

人生は金じゃない

「人生は金じゃない」と言うけれど、言う人によっては言い訳にしか聞こえない。人間は、基本的には自分の利益を考える人の方が多いみたいで、私もその一人だった。

セカンドチャンス！や、青年会議所という団体に入り、ボランティアや人のために活動することを始めた。人の役に立つ行動や人助けをして「ありがとう」と言われた時、なんともいえない心地よい気持ちになった。人間は、「ありがとう」と言われると心地よくなる生きものなのだと気づいた。そして、良心は誰にでもあると信じている。他人のために時間を費やし、「ありがとう」と人から感謝される人こそ、「人生は金じゃない」と言える人だと思う。

私もいつかそうなりたいと思って、遠回りしながらでも歯を食いしばって走り続けている日々だ。

かっこよさ

中学一年生の頃。伝説のパンクロックバンドのザ・ブルーハーツと、中学校の周りを直管バイク（単車のマフラーの根元部分を切って爆音にする）で走る先輩と、漫画のクローズ、BAD BOYS、邦画のビーバップハイスクール、などに憧れた。「かっこいいな」という単純な理由で、ヤンキーと呼ばれる社会に入った。

特に不自由ない家庭環境で育ったほうだった。ただ「かっこいいな」という、単純で自己満足な理由でヤンキーの道を選んだ私は、中学一年から煙草、シンナーを吸っては窃盗原付バイクを我がもののように乗り回していた。中学三年までは、好きな部活をやってはいたが、卒業後は、すでに暴走族になることを決めていた。

中学を卒業して晴れて暴走族に入った私は、チームのために単車の窃盗と単車の練習とシンナーに明け暮れた。親の手前もあってとりあえず入学した高校も、入学式から停学になり、半年後には高校の方から自主退学を進められて退学をした。親には申しわけなかったが、暴走族をしながら日雇いの仕事に行く自由を勝ち取った感じで、退学のショックは特になかった。

しかし、悪いと分かっていてさまざまなことをしながら、「逮捕」という言葉は本当は怖かった。おそらくこの頃から、私が大人になって、セカンドチャンス！に参加するきっかけにもなった「逮捕」までのカウントダウンが始まっていたのだと思う。

とにかく毎日が楽しかった。この時、暴走族引退後のことなんて、ほとんど考えていなかった。ただ単にかっこいい人生を過ごしたいとしか考えておらず、本当のかっこよさすら知らなかった。当時、仲間をかばって自分が捕まるような男が数人いた。それがかっこいいと思っていた。今考えたらバカらしいが。

今は、本当にかっこいい仲間たちや先輩たちと交流をし、男を磨き合いながら、自分にないものを学び、日々、トレーニングの毎日を過ごしている。

少年院での訓練

高校退学になった私は、落ち込むことはなく逆に暴走族生活一筋になり、シンナー、窃盗、暴走、恐喝にと明け暮れていた。ある日、大きな走りの証拠写真がきっかけとなり、ついに一回目の逮捕となった。

逮捕の日は、周りがすでに逮捕されていたのと、任意で呼び出しをされた際に無言を通していたことや、捕まる夢を毎晩のように見ていたので、ドキドキはしたが、びっくりはしなかった。ただ親の顔は見られなかった。捕まって当たり前と思いながら過ごしていたのだが、重く冷たい手錠をかけられた時は、思っていた以上にショックで、今でもその光景を鮮明に覚えている。

しかし、実は反省はあまりしていなかった。私は、一回目の逮捕の時、出てきてからの計画があった。一回目の逮捕では、留置所に入ってから鑑別所に行き、そこで出所する予定を勝手に思い描いていた。なぜなら私の周りは、鑑別所に行くのは普通で、相当な大事件を起こした先輩以外は、みんな一回目の逮捕時は少年院には送られず、捕まって二ヵ月後くらいのコースで帰ることができていたからだ。

だが私の考えは甘かった。審判で少年院へと送られた。予定外の少年院コースであった。中等少年院送致、短期収容となった。私が収容された少年院は短期少年院で、四ヵ月半で退院となる。他の少年院より収容期間が短いのはいいが、収容期間中は、私語禁止で友達作りは不可能な環境だ。私語をした者や違反をした者は、単独房に入れられ一日中壁に向かって目をつぶり座禅を組んで「内省」という自分自身を考えさせられる時間を一週間与えられる。この一週間の期間は、それだけ退院が遅くなることに通じる。私はちなみに違反は一回だったので、一週間ほど退院が延びた。

入院時は、前にならえ、お辞儀、行進、腕立て、スクワット、腹筋、ランニングなどをひたすらさせられる。中間期になると、農作業や調理、縫工洗濯などのそれぞれの科に分けられ、職業訓練を受ける。私はそのなかでも縫工洗濯科に配属された。大きなドラム洗濯機と大きな脱水機、乾燥機で全員の作業着や下着をひたすら洗って、乾かして、たたんで運ぶ作業を毎日没頭して繰り返していた。

また、選抜生として三泊四日の宿泊の行事があり、いくつかの少年院から六名くらいずつがキャンプにいける機会をいただいたりもした。この時は、ある程度の私語は許された。しかし、少年院の動きが身につきすぎていたのか、途中の高速道路のパーキングエリアで、トイレ休憩の際に六人がピシャッと指先、足を揃えて行進してトイレに向かっていたところ、先生が慌てて普通に歩くようにと注意した。先生も少し笑っていた。白の半袖カッターシャツに青い半ズボンジャージで、坊主頭の六人が行進してトイレに向かっている姿。今、思い出しても笑ってしまう。

少年院の中にいると、一般社会にいれば当たり前のことでもとてもうれしくありがたく感じることがある。この時の縫工洗濯科担当の先生をはじめ、非常に良い先生が多く、今でも本当に感謝している。学校と違って、「久しぶりに会いにきました」みたいなことができないが、いつか、セカンドチャンス！の活動で母校の少年院に行ってお礼が言いたいと思っている。

退院間近に、退院後の抱負をテーマにした作文発表会のような行事がある。自分が退院の時は、外部の保護士さんや他の少年院の先生たちを招いた、いつもより大人数での発表会となった。予選のようなものがあって、私は、なんとびっくり一位で通過した。本番は、十人くらいが発表し、優秀賞二位という成績で終えたのを覚えている。

作文の内容は、「高校中退の私とは違い真面目に高校、大学を卒業してすでに仕事をしていた兄二人の背中を追いかけて、自分も更生しまじめに仕事をしていきます」というものだった。この時は、心配をかけた家族の事を考え、償いができるとしたら、まじめに仕事をしていくことしかないと思った。

少年院で、「人は仕事をして生き抜いていくものだ」ということを学んだ。資格の本を親から差し入れしてもらい、いろんな職業を夢に見て、そうなるためにしなければならないことを想像しまくった。退院した後の人生を考えながら過ごす時間は、とても良かった。

もう行くしかない

少年院を退院する時は、地元に帰ってまたみんなと遊びたい、悪さをしたいという気持ちがあった。そんな私を、両親は、過保護に育てすぎたと反省し、退院後に身元引受人にはならずに、親戚が紹介してくれたレストランのマスターが身元引受人になってくれた。

家賃天引きでアパートを借りてもらい、一人暮らしをしながらレストランの厨房で見習いとして働かせてもらえるようになった。朝八時から夜十一時くらいまで、途中休憩はあるものの働きっぱなしだった。はじめは玉葱むきの毎日で、少しするとスープやデザート、盛り付け等、少しずつステップアップさせてもらっていた。一年半くらいはまじめに働いた。

十八歳になった私は、休憩時間や休みを使って、自動車学校に通った。少年院で勉強した交通法規のおかげで、スムーズに学科をクリアした。免許を取得し中古車を手に入れた。車を手に入れたばかりの頃は夢と希望にあふれて、街中を乗り回していた。しかし、それが間もなく、二回目の逮捕へのカウントダウンとなった。

真面目に働いていたが、ひとりぼっちの毎日を過ごすことが寂しくなっていた。自分の弱い心に負けて地元の仲間が恋しくなった私は、久しぶりに電話をかけた。車を持った私は、店休日になると急いで地元まで二時間くらいをかけて毎週通った。シンナーも暴走も、少年院を退院して一年半あまりの短さで、再びやってしまっていた。

そんなある日、別の支部の暴走族の二人と地元のチームの後輩とで、引退走りをしようということになった。事件になればまた逮捕されることは分かっていた。それでも、最後の引退走りに参加した。この時に、自分のちっぽけなプライドより少年院出院後の身元引受人になって、働くことを教えてくれたレストランのマスターや両親のことを考えて行動していれば、再び逮捕されるようなことはなかったと思う。この頃は、暴走族現役のころよりも、暴走族が減少傾向にある時期だった。一回目の逮捕の頃は、多い時でバイクだけで五十台、車を合わせれば百台くらいになっていた時もあった。しかし、この最後の引退走りではわずか五台という少なさだった。

特攻服を身にまとい、カラスマスクやタオルで顔を隠した後輩たちが派手なバイクで迎え入れてくれた。肩と胸ポケットに「副総長」と刺繍の入った地元チームの特攻服を渡された。胸がドキドキワクワクしたが、一回目の逮捕の経験が少し腰を引かせた。しかし、もう行くしかない。後輩の後ろのシートに座った。

しばらく走ると、警察が三台ほどでサイレンを鳴らし、写真をバシバシ撮られた。どんどん警察は増え、バイクの数よりも多いパトカーから追われた。巻いては走り、巻いては走り、いつもどおりに走りは終わった。この日は、走ったバイクの台数も少ないし事件にはなりにくいだろうと思っていた。でも、やがて事件になった。

この走りの前に、地元に毎週往復する生活を繰り返していた私は、レストランの仕事を休みはじめていた。やる気も気力もなくなっていた私は、先輩の家や仲間の家を転々とするようになった。レストランには戻りづらくなり、次第に逮捕される前と変わらない生活に戻っていたのだった。

そのうち罰が下ったのか、暴走族狩りのチンピラ五人にコンビニの前で仲間と二人で絡まれた。車のトランクに常に金属バットを積んでいた私は、金属バットを取り出した。しかし、相手五人も金属バットを全員が取り出してきた。こっちは二人でバット一本。相手は五人の五本。ボコボコだった。十五万円出して買った愛車の窓ガラスはほとんど割られ、しばらくすると救急車で運ばれ、気づけば眼帯をし、手にギブスをして病院にいた。相手のことは、すぐに地元の仲間が探したが、見つからなかった。

そしてもう一つ罰が下った。最終的にこのボコボコになった時の目のあざが、二回目の逮捕の証拠となったのだった。引退走りから数ヵ月たったのち、後輩たちが逮捕されていった。私は最後の方まで捕まらなかった。後輩たちから押収した写真の中からだと思うが、ケガをしている写真と、警察がパトカーの中から撮った写真の目元部分を合わせて確信したと言っていた。これが二回目の逮捕だった。

生き抜く力

二回目の逮捕では、鑑別所を出たあと、試験観察というかたちで親の会社に雇われて仕事をした。が、どうもしっくりこなかった。親のすねかじりと言われることと、ボンボンと言われることがいやだった。だから私は、親の商売とは真逆の水商売の仕事をするようになった。水商売をはじめてからはあっちの世界の人たちが周りに多くなり、少年時代とはまた違った大人のワルという世界に入っていった。そこで、かっこよさを見あやまっていた。起訴までされなくても、留置所にぶちこまれたこともあった。その生活を八年間過ごし、失敗に終わり、結局また、親の会社で働かせてもらった。親の会社を継ぐとかはあまり考えていなかった。ただ、親父の経験から何かを盗み、独立し、会社を作ることを目標に親父の会社で働いた。何か自分にも武器は作れないかと思い、中学卒業が最終学歴の私にとってはむずかしかったが、宅地建物取引主任者の資格に挑戦した。

まずは、電子辞書を買ってテキストにフリガナをうち、それでＤＶＤで授業を受け、過去問題集を何周もやった。長い日で一日十時間勉強したときもある。その結果、四ヵ月で合格することができた。この時間は、今までの人生で一番集中して勉強した時間となった。少年院で培った忍耐力と集中力が役に立ったに違いない。

今という環境の中で

「人間やればできる」、よく聞く言葉だが、この言葉は、信じてやり抜けばこそ出る結果だと思う。自分の今置かれている環境の中で、最大でどうなれるか、どう目標を持てるかが大事なことだと思う。その限界の境界線は、人から決められるものではなく自分にしか見えない境界線であり、自分自身で決めることだ。それが自分自身の足で立つことだと思う。

自分自身を見直したときに、実は自分の境界線はもっと先にあって、自分に甘えているところがあると感じている。若いうちに自分のギリギリまで挑戦して、自分のキャパシティを広げておかなければならないなと、最近ではそう思って時間を削って、仕事以外のいろんなことにも挑戦させてもらっている。

人生は短いというが、思っている以上に長い。今、忙しい毎日を送らせてもらっているなかで、二十四時間は一瞬で、二十四時間では足りないくらいやりたい事がある。それは、仕事だけでなく、大事な人や家族との時間も含む時間である。子どもを保育園に送ったり、晴れた日の公園で、子どもを遊ばせたりしながらうらやましく思うことがある。「この子たちには、まだまだ長い楽しい人生が待っているのだな」と。そんな時の時間軸は子どもの時間なのかゆっくり流れてくれる。

また、私の両親を含めた年配の方が、現役でバリバリ仕事をやっているのを見ると、まだまだ人生は長いなとも感じ、一歩一歩進む大切さを落ち着いて考えることができる。

私も決めていることがある。だから、それに向かって生きていきます。

「私に定年退職はない。仕事にも奉仕にも生きている以上は働いていきたい」

セカンドチャンス！と出会って

ケンジ

子ども時代

昭和五十年代前半、関東某所、県内では最大の人口を擁する地方都市で生まれ育った。魚屋で働く父、専業主婦の母、俺、五歳下の弟の四人家族で、隙間風でカーテンが揺れるようなボロい貸家に住んでいた。裕福ではなかったが、衣食住に困ったことはなかった。

小さい時から病気がちで、よく体調不良になった。ぜんそくや風邪など明らかなものもあったが、「何か調子が悪い」という不安感を抱えている子どもだった。身体が弱いせいか、ケガも多く、気も弱く、要領も悪かった。真面目で思いやりがある子どもだったと思うが、いつもオドオドしているせいか、自分だけ怒られたり、やってもいないことを自分のせいにされることが多かった。

小学生の頃はごく普通の子供だったと思う。学校の成績もごく普通、運動もそこそこできた。友達とも仲良くやっていたし、学校にも行っていた。しかし、俺の家族の中には問題があった。父のギャンブル、飲酒と母の宗教と暴力である。家計に余裕がないのに、父はパチンコへ行ったり、外で飲んだりして夜中に帰ってきた。父は酒を飲んでも暴力は振るわなかったが、母と口論したり、不機嫌な顔をしていることが多かった。

母はいくつかの宗教団体に顔を出していたが、最終的には戒律が厳しいことで知られる、ある新興宗教に入信し、その勉強を俺にも強いるようになった。とにかく「ダメ」なことが多く、テレビは見てはいけない、遊びに行ってはいけない、〜してはいけない、〜しろ、などとにかく制限が多かった。それは教義を母が「曲解」、つまり、本来の意味とは違った解釈をしていたからなのだが、従わないと殴られるので仕方なく従うしかなかった。

父が酒を飲むことで、俺に直接被害が及ぶことは少なかったが、父の飲酒に母が激しく反応し、夫婦ゲンカになったり、父の文句を母から聞かされる被害を受けた。だがそれよりも、母親から受ける直接的な暴力がひどく、俺のその後の人生に大きな影響を与えたと思う。とにかく殴られるのだ。今の時代なら、俺の母は虐待で刑務所に入っているであろう。それくらいひどい暴力を受けた。（内容は書かないが、かなりの頻度で立てなくなる

くらい殴られた、よく生きていたと思う）

中学生になると、深夜まで家に帰らなくなった。昼間に帰ると何かと言いがかりをつけられて殴られるが、夜中に帰れば騒ぎが近所に聞こえるので殴られないからだ。そうすると、昼は眠いので学校に行けず、夜は自分と同じように深夜徘徊できる友人と遊ぶようになり、自然と非行文化の中に入っていったが、不良グループの中に居ても一番格下の、使い走りのような感じであった。

要領の悪さは小学生のときと変わらず、ケンカになっても一方的にやられたり、友達だと思っている奴に裏切られることも多かったし、イタズラしたとき逃げ遅れて、自分だけ捕まってしまうことも多かった。

初めての鑑別所と少年院

中学卒業後は建設業や飲食店でアルバイトをしながら、夜は溜まり場に行って仲間と過ごしていた。わざわざ悪いことをしていたわけではないが、自然とケンカに巻き込まれたり、薬物の取引をしたり、捕まるような怪しい仕事の話が回って来た。地元ではそのころシンナーの吸引が爆発的にはやっていて、やらない不良はほとんどいなかった。漫画などで主人公が薬物をやっている相手を締め上げたり、やめるように諭すなんて場面がみられるが、そんなことしようものならクスリを使っている奴に逆にやり込められてしまうような状況だった。

俺はあらゆる薬物を手に入れて、毎日使用していた。ある時から、先輩の誘いを受けたのと、自分がクスリを使いたいために、地元の薬物販売グループに所属することになった。そうすると、自分のもとに県内中から不良たちがクスリを求めてやってくる。有名な不良たちが俺のところに「クスリある?」と寄ってくるので、弱くて目立たない自分も強くなったような気がした。クスリのやり取りを通して知り合いもできるので寂しくなかった。

薬物の効果も自分にピッタリだった。薬物にもいろいろ種類があるが、どれも気分がよくなるし、自分が強くなったような感じになる。もともとは使い走りのくせに何を勘違いしたのか、大きな顔をして歩くようになった。クスリを扱っているということで顔と名前が売れた。

ある日、部屋においてある薬物を処分した親に腹を立て、大ゲンカをしたことが原因で警察が家にやってきた。数日後に家宅捜索が入り、数種類の薬物や使用器具を発見されたため逮捕された。十六歳で初めての鑑別所入所だったが、いきなり中等少年院長期処遇となった。

普通ならば十ヵ月で出院できるのだが、俺は一年二ヵ月も居ることになった。規律違反を一度もしなかったにもかかわらず四ヵ月も伸びたのは、俺のやる気のなさと少年院の規則や一緒に生活している院生、教官をバカにした態度が表面に出ていたからだと思う。

出院してからも、特に生活は変わらなかった。身についた非行文化は消えず、場面場面で捕まるようなことをしてしまうことが多かった。


「あなたの人生、大変なことに……」


薬物の使用はダラダラと続いていた。転職、転居、付き合う友人の変化などがきっかけとなって再び覚せい剤に大ハマリした。十九歳の終盤に妄想と幻聴でおかしくなり、職務質問を受けて緊急逮捕、再び少年院送致となった。

前回の出院から一年十ヵ月後のことだった。その時の少年審判の裁判官とのやり取りは非常に思い出として残っている。

仮退院中の逮捕なので、少年院送致だということは間違いないのだが、審判を下すのにかなり時間がかかった。担当は、もう定年かという初老の女性裁判官だった。だいぶ待たされた後、法廷に入っていくと、こう言われた。

「あなたの経歴をよく見させてもらったのだけれども……十九歳にしてあなたの人生、本当に大変なことになっていますよ……。今回は特別少年院送致ということになるのだけれども『自分の問題、特に薬物の問題について十分に考えること』という勧告を付けます」

（うわ〜特少かよ〜、カンコク？　なんだそりゃ？）

「あなたね、この機会によく考えないと……。これからの人生、本当に大変なことになってしまいますよ」

その裁判官に言われた言葉が心にスッと入ってきた。その裁判官は権威的な感じも余計な老婆心も感じさせず、公平、公正、真剣に俺のことを考えて審判を下してくれているのが伝わってきた。再犯した悪ガキのことなのに真面目に考えてくれていることはありがたいことだと思った。（少年院送致はありがたくなかったけれども）

裁判官の机に置いてあるプレートを見ると「山田〇〇子」（仮名）と書いてあった。

（山田さんか、名前覚えておこう）

山田裁判官が言う通り、俺の人生大変なことになってしまっている。身体も気も弱い真面目な子どもだったのに、調子に乗って不良のマネごとをしていたら、少年院に二回入るジャンキー（クスリでダメになっている人のこと）になってしまった。俺の周りには少年院に入った人などほとんどいなかったし、いたとしても「とんでもない不良」だった。まさか自分がそんなことになるとは思ってもいなかった。

特別少年院

特別少年院送致ということで、いっぱしの不良の仲間入りをしたというおかしな優越感を感じたが、同時に「特少か…中でいじめられたらどうしよう…」という不安もあった。

二度目の少年院生活は、前回の少年院生活と比べると生活しやすかった。居室が個室なので他の院生と揉めるような場面も少ないし、前回の少年院で一緒だった奴も多く、全員少年院を経験しているから（初入は一人だけだった）みんな「施設慣れ」しており、そこでの生活や対人関係をわきまえているので、やりやすかった。教官たちも感じが良かった。できる限りこちらの要望を聞いてくれたし、非行少年ということで軽く見るようなこともなく、大人として対応してくれた。

前回の少年院の中では、親との出来事を正直に書けば「親のせいにしている」と言われ、クスリを使いたい気持ちがあると正直に話せば「反省が足りない」と言われ、進級が遅れた。突っ張って素直になれない自分の側の問題もあったが、二度目の少年院ではそんなことはなく、本当のことを話せたので救われた。

一般的な少年院では私語禁止のところが多いが、そこは院生同士ある程度の雑談が許されていたので、職業訓練や体育でみんなが集まったとき、テレビや新聞の話題で盛り上がったり、出院後どんな仕事をするかなど話ができたので気が楽だった。少年院で、将来のことについて考えるという課題が出されたが、これからの人生で自分が具体的に何をすればいいのかわからなかった。刑務所を出入りするような人生はいやだけど、結局はそうなってしまうのかもしれないと思った。

特別少年院では普通よりも一ヵ月早く出院、しかも出院後に保護観察が付かない本退院になった。真面目な生活態度が評価されたと言いたいところだが、他の院生の態度があまり良くないので、普通にやっていた俺が評価されただけなのだと思う。そこで俺の頭にあるたくらみが浮かんできた。「出院後、一度だけクスリを使いたい、それを使ったらやめよう、一年ぶりに使ったらさぞかし気持ちいいだろう、少年院で頑張ったから、一回くらいいいだろう、それでやめるし」と思った。

本退院の場合は、出院した日に保護観察所に行かなくてもいいので、帰りに寄り道してクスリを買って帰れると思ったのだ。

出院は二十一歳の誕生日の四日前だった。迎えに来た父を先に返し、一人電車に乗ってクスリを仕入れに現場へ行った。売人に声をかけると「覚せい剤はない」の一点張りだった。「そこを何とか、持っている人を紹介してくれ」と粘る俺に「しつこい！　ねえって言ってんだよ、この野郎！」と売人が怒り出したが、世間話をしているうちにその人がなんと、今日自分が出てきた少年院に入っていたことがあるということが分かったのだ！

「地元で買うとまた昔の付き合いが始まってしまうので、ここで買って一回だけ使いたいんですよ」と頼み込むと、「仕方ないな……。段取りしてやるよ」と言ってくれた。そして「お前、今日売人が足りないから、モノが来るまで手伝っていけ。小遣いやるから」と言われた。覚せい剤が届くまでシンナーの販売を手伝えということだ。

「え～！　今日少年院出てきたばかりなんで……」と断ったのだが、「お前ビビってんなよ、そう簡単には捕まらないから安心しろ」と言われ、仕方なく数時間、販売の手伝いをした。

覚せい剤を手に入れるため、少年院を出たその日に、東京のど真ん中の繁華街でシンナーの販売を手伝った。本物のジャンキー、バカ者であるが、これをやってしまうのが薬物依存症の悲しい性質である。手伝いを終わった後、覚せい剤を持ってきてくれた売人の親方に中華丼をご馳走になり、地元へ帰ってクスリを使った。久しぶりでさぞ気持ちいいかと思いきや、使うとすぐに妄想が入って頭がおかしくなり、ひどい思いをした。

それにもかかわらず、すぐに地元の暴力団や薬物使用者との付き合いを復活させてしまった。また定期的にクスリを使うようになり、出院半年後には覚せい剤の過剰摂取で入院、またその一年後にも同じく過剰摂取で病院に入院した。そこは県内で薬物を使った人はほとんどそこに運ばれる薬物専門病院。二度目の入院時、医師に「は？　また君か！　長いことこの病院に勤めているけど、二十歳そこそこでこんな短期間に再入院してくる人、見たことありませんよ！」と驚かれた。

退院して日常生活に戻っても、薬物の影響で常に体調が悪かった。使うと幻聴と妄想が出てくるので使っても楽しくないのだが、使わずにいられない。使うとおかしくなるのだが、使わないと体が動かないほどに依存していった。酔っぱらって転落事故を起こして死にそうになったり、薬のやりすぎで内臓に穴が開いて入院したが、病院の中でもクスリを使っているありさまだった。クスリを使って何日も寝なかったり、逆に何日も寝っぱなしだったりした。

薬物がらみのトラブルや事故が頻繁に起きた。対立する組織同士の死者が出る大きな抗争に巻き込まれ、自分が毎日出入りする場所に銃弾が撃ち込まれたときは、本当にビビって精神が参ってしまい、さらに薬の量が増えた。友人やローン会社に借金をして、あっという間に、数年間必死に働かないと返せない額になっていた。

幻聴や妄想でおかしなことをするので実家を追い出された。一人暮らしを始めたが、家賃も払えなくなり退去することになった。会社の寮や友人宅などを転々とし、行き場がなくなってホームレスの元締めに頭を下げ、二ヵ月ほど駅前高架下の段ボールハウスに住まわせてもらったこともあった。

体調不良で仕事もできなくなり、人との関りも少なくなり孤立していった。お金も底をついて行き場所がなくなった。薬物で破滅していく……。苦しい状況になるたび、山田裁判官の「あなたの人生、大変なことになってしまう」という言葉を思い出した。その通り、大変なことになってしまっていた。

依存症の回復施設に

クスリを使って死んでもいいと思っていたのだが、本当に死にそうになると死にたくないと思った。運が良かったのか悪かったのかは分からないが、成人してからは、たまたま逮捕されることはなかった。振り返ってみると十五歳から二十六歳までの間に二回の少年院送致、薬物が原因の病気や事故で計七回の入院、引っ越し九回、仕事も二十五回変わっていた。

自分の力では生きていくことがどうにもならなくなり、最終的には実家に帰って親に泣きつき、薬物依存症回復施設に連れて行ってもらった。そこで地元から離れた施設に入所することを勧められ、その通りにした。薬物依存症リハビリテーションセンター（以下センター）に入所してから数ヵ月間は、とにかくだるくて眠くてゴロゴロ寝ていることしかできなかったが、施設の日課である掃除や食事当番、運動などを通して少しずつ身体の元気を取り戻していった。

センターの日課の中心は「ミーティング」と呼ばれていた。自分の過去を振り返って問題点に目を向けることや、仲間の経験を聞き、自分と共通する問題について考えを深めることが目的だ。本当にこんなことで薬物の問題が解決されるのかよ？　と思ったが、仲間の話を聞くのは楽しかった。センターは職員含め全員が薬物経験者で、逮捕、刑務所経験者も多かったので、特別の仲間意識と理解と共感があった。

センターでの生活を通して、自分のことを振り返り、いろいろなことに気付くことができた。家族の問題でとてもいやな思いをしたこと。自信のなさや劣等感を不良のマネをして強がり、見栄や虚勢で隠していたこと。自分をだまし、抱えている不安や恐れをごまかしていたこと。他人を認められない高慢さや自己中心性があること。努力や継続することができず、言い訳をして途中で投げ出し責任感がなかったことなどだ。

自分の問題点を変えるためにできる限りの努力をした。正直になる、嘘をつかない、見栄や虚勢を張らない、いやなことでも自分に必要なことならば忍耐し、良い習慣を継続する。少年院の個別目標で設定されたこととほとんど同じ内容だったが、それが自分の問題だと気付くのに十年近くかかってしまった。センターでの生活はそれなりに楽しかった。二年ほどで退所し、生活保護でアパートを借りてもらうことができた。

新しい日々を夢見て

幻聴と妄想などの精神症状が残っていたので、定期的に精神科へ通院しながら、アルコール依存症や薬物依存からの回復を目指す人たちの会にも定期的に参加するようにした。短時間のアルバイトをしたり、通信制の高校に通うようにもなった。二十八歳になっていた。

その頃、釣り船の清掃をするアルバイトをしていた。休日に船を借りて釣りを楽しむ、そんなお客さんたちの姿を見ると羨ましかった。車の免許も船の免許も持っていて、何万円もする釣り道具をたくさん抱え、高速道路を使い自動車で遠方から釣りにやってくるのだ。

俺の財産は自転車くらいのもので、車の免許を取ることさえ遠い夢のような話だ。センターのプログラムを受けて、薬物の使用は止まり始めたが、普通の人と同じ生活ができるようになるにはどのくらいかかるのだろう……、一時間働いても、釣り人が船に忘れていくルアー一つがやっと買えるぐらいなのだ。

それでも俺は、日々の生活に感謝していた。生活保護の援助を受けて日々の生活と病気のリハビリをさせてもらい、刑務所にも行かずに済んでいる、自分のやるべき課題を日々継続していけば、いつかは休日に車に乗って釣りに出かけられるようになる日が来る。そんな日を夢見て、アルバイトや高校の勉強、薬物依存症のリハビリを継続した。

高校卒業間際に、知り合いの福祉施設の所長から働いてみないかと声をかけていただき、就職した。高校で勉強する習慣がついているのだから、通信の大学に行って勉強をつづけたほうが良いとの助言をいただき、福祉系の大学を選んだ。一年ほど働いた後、七年近く受給していた生活保護を切ることもできた。

ある日、研修に行った先の福祉施設に『セカンドチャンス!』という本が置いてあった。「少年院出院者の〜」と書いてあったので手に取り、めくってみた。それを見ていたさまざまな障がい者、受刑者を受け入れている施設長さんが、「この前、そこのメンバーの講演を聞きに行ったのですけど、すごく良かったですよ」と話しかけてきた。

「実は僕も少年院に二回入ったことあるんですよ」と答えると、「へ〜、そうなんですね、セカンドチャンス!に行ってみたらどうですか、立ち上げたばかりでメンバー募集していましたよ」というので、おもしろそうだと、連絡を取ってみた。

「セカンドチャンス！」との出会い

セカンドチャンス！の交流会に参加して、数人のメンバーと定期的に会うようになった。食事やボウリング、ダーツ、カラオケ、たまにバーベキューやキャンプなどの企画を立てて、遠方の仲間に会いに行ったりする。別に少年院に入ったことがない人とでもする遊びだし、特にその遊びが好きというわけでもないのだが、普通の人と遊ぶのとは感じ方が違うし、余計な気を使わなくていいというか、特別な何かがある。安心感というか、言葉にできない居心地の良さがあった。

少年院の話も多少出るが、思ったほど多くない。仕事がどうとか、嫁に怒られたとか、今度何して遊ぼうかとか、本当に他愛もない話をするだけだ。悪さをたくらまない溜まり場、とでも言おうか。

少年院では院生同士が外で会うとろくなことにならないと教わった。そのような一面もあるかもしれないが、セカンドチャンス！に来る奴は非行文化を捨てたいと思ってやってくるので、悪さに巻き込まれるようなこともない。わざわざ悪さをしにここに来る奴はいない、雰囲気が違うのだ。セカンドチャンス！は、反社会的行為を容認するわけではないのだけど、非行文化が染みついている我々に失敗はつきものだ。たまに捕まるやつもいるが、苦笑いしながらセカンドチャンス！に帰ってきてくれる。仲間は笑って迎えている。怒られないし、失敗してもまたやり直す仲間を応援する雰囲気がある。

セカンドチャンス！はあくまでも少年院出院者の団体なのだが、大学の教授、弁護士、元法務教官など、いろいろな立場の人がサポーターとしてかかわっている。俺はこのことに最初はなんとなく違和感を感じていた。「当事者団体なのに、何で当事者ではない人間が来るんだよ、そんな立場の人間がいたら少年院出院者が来づらくなるだろ」と。

ことあるごとにこれを口に出していたため「ケンジくんは当事者以外嫌いだもんね〜」と皆に苦笑いされていた。（別にキライではないのですよ）

それまでは、非行少年として、裁かれ、指導され、研究され、治療され、保護される立場だったので、当事者以外が入って来ることに違和感があったのだと思うのだが、現在は社会人として対等の立場でかかわっているので、良き友人として知恵を貸してもらっている。出院者だけの場所に彼らが押し入ってくることはないし、必要なときに力を貸してもらっている。

山田裁判官との再会

ある日、セカンドチャンス！の集まりに行くと、元裁判官だという人が来ていた。少年審判を長くやっていたという。何百人も少年院送致にしたが、その子たちは審判のときどう思ったのだろう？　今はどうしているのかと気になっているというので、俺は二度目の少年審判の担当だった山田裁判官の話をした。

するとその人は、僕の話から山田さんを探して現在の状況を調べてくださった。現在は某所で弁護士をしているという。連絡したらきっと喜びますよ、というので、教えてもらった事務所に手紙を書いた。そして連絡を取り、会いに行くと、大変喜んでくれた。

高齢と病気のため、視力がほとんどなくなっていたが、山田さんは法律家として活動していた。外出時は白杖を使うほど視力がなくなっていた。山田さんの弁護士事務所からの帰り道、僕は駅まで山田さんの手を引いて送った。

少年院行きの審判を下した人と十数年ぶりに会い、今までの自分のことを振り返ってみると、本当に自分はいろいろな人に支えられてラッキーな人間だと思った。

少年院を出てから、「大変なことになって」いた時期はあったものの、薬物も止まったし、捕まるようなこともしなくなった。通信制の高校や大学も卒業できた。社会福祉士、ケアマネージャーなどの資格もいくつかとれた。自動車や大型バイクや船舶免許も取ったし、ボロボロの安い軽自動車だが自分の車もある。借金もやっとの思いで返した。十数年の時間がかかった。俺もかなり頑張ったが、自分を支えてくれるたくさんの人の力を借りてここまで来ることができました。感謝！

仲間がいる安心感

同じ経験をしたことのある仲間との関わりは、他にはない共感と安らぎがあるし、アドバイスも経験に基いた現実的なものであることが多い。職場、家庭、友人関係など、新たな場面で経験したことのない課題が出てきたときに、正直に本音を話せる仲間との関わりがあるのとないのでは全然違う。

いろんな立場の人が手助けしてくれたが、俺の場合、特に心の支えになってくれたのが、薬物依存回復施設の仲間やセカンドチャンス！の仲間だった。自分と同じ経験をしている仲間に「大丈夫だよ」とか「昔は～だったけど、今はこうなった」と言われると「もしかしたら、自分もそうなれるかもしれない」という希望が持てた。何でも自分で解決できるのが良いことではない。いろんな人に支えてもらいながら、一番良い選択ができるようになることが大人なのだと思う。

この本を読んでくれた少年院在院中のみなさん、ぜひセカンドチャンス！に来てください。セカンドチャンス！では初めて来る仲間を特に歓迎しますよ！

五十歳を過ぎて

美濃輪 長五郎

少年院を語るには年をとってしまいましたが、セカンドチャンス！に集う少年院経験者は、世代により心情が様々であるものだと感心しております。新たな感覚ですね。

僕の少年院初入が昭和五十五年ですので、すでに三十八年が経過しております。例えば、現在の旧車といわれるバイクが当時は現行車だったわけです。古いね。

そして再入が五十八年ですので昭和も終わりの頃。三浦半島にある施設でしたが、当時は少年ヤクザ全盛といわれる時代の最中。誤解を恐れずにいえば、「ちょっとうるさい」若者が幅をきかせ、その渦中にいる僕もそれを美学と考える節がありました。当然、「次はどんな悪さをしようか」などと施設内で事件を振り返ることもせず、建前的な反省でもしてみようか、という感覚すらありませんでした。今考えただけでも、犯罪が止まない人であるのは間違いありません。

結果どうなるか……、三浦半島で成人式を迎えましたので、社会復帰後の再犯は起訴され、家裁ではなく地方裁判所になります。これ懲役刑です。更にいかれてるのは、それでも平然としていたこと。少年刑務所で二年六ヵ月、長いとも思わず、また「次はなにをやってやろうか」と笑い、やはりいかれていた。

僕は初入の少年院で事故ばかりだったので、長いこと収容されていました。累進で社会復帰が決まる少年院より、刑期決定の方が気が楽だったわけです。

で、結果どうなるか……、社会復帰後にまた再犯。傷害事件で相手に大怪我をさせ懲役一年二ヵ月。これも笑いながら刑に服しました。「今回はまた短いな」と気軽。ふざけすぎです。示談も済んでいるのに罰金じゃねえのかよ……と。実際、こんな人間が今僕の目の前にいたら、真剣に相手にするだろうか？

いやいや、こんな人間が自分だったのだと複雑怪奇な気持ちになります。

しかし、こんな状態でも、生き直しができたことはお伝えしたい。

ストーリーを記述するには紙面が足りないので割愛しますが、「希望すらない」とか「俺なんかどうでもいいんだ」なんてのは誰でもありがち。だけども、「なんかこのままじゃいけないいな」と思う瞬間があれば、それは生き直しの芽が出ているわけです。僕はこの「このままではいけない」を、自分で育んだのかもしれない。

そこからも事件を起こし続けたけど、頭の中で「ダメいけない」と「イケイケ大丈夫」が争いを起こし、自己との闘いが始まりました。育みとはこんなことです。反社会的な世界に身を置き、最後は反社の仲間との間にもヒビが入り、自分を大切にすることが自分の身を助けることだと、この時にやっとわかりました。

長い時間がかかってしまいましたね。書くのは簡単なことですが、経験としてはそう容易なことではなかったです。「あいつだけ真面目になりやがって」と、僕を非難する噂も耳にしましたし、根も葉もない悪意のある噂も流されました。言葉にならない憤りが常に消えなかった反面、「お前は立ち直れないと思っていた」と支持してくれる仲間が増えていくのは励みになりました。やはり誰かしら見ているということに他ありません。感謝は忘れられないです。

少年時代、「パワーがあり余っていた」と、簡単に結論付けることはせず、冷静に根源を探れば、「夢を考えることの放棄」でもあり「示唆してくれる大人が見当たらない」ということでもあったと思います。しかし、示唆する大人がいなかったからこそ、おこがましいのですが、ならば自分がお役に立てないだろうか、などと思うようになり、やがて今の自分につながります。良くない経験を封印するもよし、良くない経験を活かすもよし。三十歳を過ぎたあたりから、同じ立場の人たちの行く末を案じて手助けができるようになりました。もう、自分のような人間がいてはいけないとの思いです。

示唆してくれる大人がいないのではなく、言ってくれる大人を否定し拒絶していたわけですから、すべて自分の身に降りかかっていただけのことです。サポートをしていて「こいつどうしようもねぇな」なんて正直思うこともままありますが、「どうしようもねえのは自分も同じことだったから」なんて回顧すれば、笑って向き合えます。世代的に体罰旺盛の教育で育ち、一抹の厳しさがあるので、セカンドチャンス！の交流会でもべらんめぃ調な部分は否定できません。今はまったく優しい世の中になりました。「あいつうるせぇ」と言われてもいいのではないかと五十歳を過ぎたおじさんは思っています。

セカンドチャンス！の活動で、少年院講演を多くさせていただきました。

我が母校である少年院講演の時は、体が震え、「俺は確かにここにいたんだ」という思いが沸き上がり、そして、院生に向かうその責任の重さを痛感。今となっては感謝しかありません。ここの卒業生が在院生に向けてマイクを持つなんてことは、従来考えられなかったことです。セカンドチャンス！にも少年院にもこの場を借りて感謝を申し上げたい。まっとうな思いの少年院経験者が集うセカンドチャンス！には、やはり対等の理念があり、不適切な言い方かもしれませんが、親和性が自助グループを形成する核となり、一般の方々の賛同につながるものかもしれません。人間は誰しも、なにかしらの当事者であり、傷を隠すか自然治癒するかの違いです。

僕たち少年院経験者は、管区施設の違いはあれ、同じ高校大学の先輩後輩に似た感覚があります。ダルクとのソフトボール大会を開催した時、意図せず少年院時代の仲間と遭遇したり、先日は三十数年ぶりに少年院寮で過ごした人から着信があったりします。ネット社会ですね、僕の携帯まで検索できるようです。少年院当時には、すでに暴力団員だった者の多くが殺されていることや、ビルから飛び降りて自死した者、精神に異常を来した人、義侠心から射殺された者の報を聞きましたが、とても残念な心境です。電話の主は「自分もやっと堅気になりました、頭も剃げて小指もありませんけどね」なんて悪ぶることなく言いますが、そんな彼も命があり、時間がかかったけれど、互いの立ち直りが確認できたのは喜悦です。これは不正通信ではなく、時代なんだろうと感じます。「不良に年齢は関係ねえ」といいながら、ここは先輩後輩に戻りますね。

僕は今年でセカンドチャンス!を卒業します。若い人たちの時代ですから「うるさい」おじさんはもう役割を終えたい。その代わりに、少年院や刑務所の面会に行き、「なに、またやっちゃたの?」の行脚は継続したいと思います。セカンドチャンス!は支援団体ではありませんので、支障がないよう僕は実名を控えましたが、どうかご勘弁下さい。

最後に、「お前ダサイな」と仲間から言われてもいいのではないでしょうか。
それは自分に素直になるということでもあり、バカにされることは新しい生き方ですから。カッコいい生き方とは、カッコ悪いことをしないということ。これは、生きる文化が違うと真逆なんだよね。だからカッコいい生き方ってのは、向こうから見ればダサイということ。僕は今でも、昔の良くない仲間にバカにされていますが、大満足です。ますますダサくなって、カッコよくなれたらいいかな。
アイデンティティが転換できると、バカにされたっていいやとも思うし、ありえない噂も気にしなくなりますよ。院内でこれを読んでくれた人、成人になったらもう少年院に行きたくても行けません。今はつらいだろうけど、一日一日を大事にして下さい。大人になれば、そこも大事な想い出の場所となるのですから。

これがほんとに最後の本音。

親がいねえとか、帰る場所がねえとか、寂しいとか、ガタガタ言ってても始まらねえんだよ！　汗かいてねえじゃん。カスだなお前！　て、僕はいつも叫んでいます。僕を嫌ってください。でも、これがわかりはじめたら、ぜひ会いましょう！

しっかり！

座談会

十年を前にして

司会：春野すみれ（サポーター）

出席者：才門辰史（理事長）

吉永拓哉

中村すえこ

ゆか

大悟

ケンジ

リョウ

おしょぱん

（以上当事者メンバー）

山中多民子

澤田豊

杉浦ひとみ

小長井賀與（文書参加）

（以上サポーター）

司会・春野すみれ　みなさまこんにちは。では座談会を始めます。

セカンドチャンス！のここまでの歩みを簡単にまとめますと、セカンドチャンス！は、二〇〇九年一月に設立されました。二〇一一年には、立教大学で設立集会を開き、同時に『セカンドチャンス！――人生が変わった少年院出院者たち』の本を出版するなどして、活動を広く知らせてきました。少年院での講話活動や院生との交流を行い、各地の講演会やストックホルムの当事者団体クリスを招いての交流イベントなども開催してきました。なかでも中心的な活動は、各地に誕生したセカンドチャンス！の支部ごとに開かれている交流会で、そこは当事者が出会い、支え合い、成長する素晴らしい居場所になっています。

設立から九年が経ったわけですが、今日は、設立当初から参加しているメンバーもいらっしゃいますし、比較的新しいメンバーなどもいらっしゃいます。それぞれから活動して気が付いたこと、学んだこと、良かったこと、課題だと感じていることなどを、率直に語り合いたいと思います。

初めに、福岡で活動している吉永さんからお願いします。

吉永拓哉　二〇一一年に福岡で初めての交流会をやりました。以来、毎月一回交流会を一度も欠かしたことがないです。交流会も今、七十回か八十回くらいいっていいます。当初から参加してくれたKさんとずっと二人三脚でやってきました。一回だけしか来たことない人を入れると会員も六十人か七十人ぐらいになっているんです。いつも交流会に来てくれる人たちも、大体、当事者が平均すると十人か十五人くらい集まるんです。七〜八年前に来た子も、その当時二十歳とか十八歳とかの子たちも、もう二十代後半とかを過ぎて、ちゃんとした大人になっていて、子どもが生まれたり、仕事を一生懸命頑張ってたりしています。もちろん、つまずいて、また少年院に入りましたとか刑務所入りましたという人も、中にはいるんですけれど、そういった人たちも変な反社会勢力とかに入らずに一生懸命頑張ってます。

この前、セカンドチャンス！の人で、三十代半ば以上になっている人が問題を起こして、警察沙汰になったんですよ。彼は非行を犯した人たちを自分の会社に雇ったりもしていたんです。ところが、風営法で禁止されている未成年者を誤って使ってしまい、それが明るみになりました。どこかのテレビ局が彼のドキュメンタリーを撮っていたんです。それが放送される一週間前にこの事件が発覚して、急きょ放送も中止になったんです。彼は協力雇用主にも登録していたんです。協力雇用主会から私のほうに電話がかかってきて、「この人についてはもう除名させていただきますね」と言われ、「あー、仕方ないですね」と話したんですけど、セカンドチャンス！では彼が出てきたら、彼を問い詰めるようなことは絶対言わないようにみんなでしたんです。

むしろ、そういうふうになっても、また次にチャンスがあるんで、「これからもまた頑張っていこう」というのがセカンドチャンス！なんだと思うんです。そこで切ってしまったらセカンドチャンス！の意味がなくなるんじゃないですか。それはみんな一致しました。で、戻ってきた時、歓迎会をしたんですよ。そしたらすごい喜んで、それまで以上に、すっごい積極的にセカンドチャンス！に参加するようになって、交流会に来るときもニコニコしているんです。みんなで、ちょっと感じ変わったよねって話になったくらいです。

そういったところで、セカンドチャンス！って、よその団体にはない、いい会だなと改めて思いましたね。何回捕まってもセカンドチャンス！は切らない。そういう人ほど応援してあげるのがセカンドチャンス！なんだと思います。素晴らしい会じゃないかなと、この経験からも私は思いました。

中村すえこ　私がこの会の活動に参加して、この会で一番変われた部分というのが、

「勉強する」っていうこと。それが自分の中で一番大きな気づきでした。それまでは少年院に入った人で、学び直しをしているという人が周りにいなかったけれど、ここに来たら、大学に行ったとか、留学したとか、高校一年生を四回したけど教員免許を取ったという人とか、いろんな人を、何歳になっても学べるんだということに気付きました。

七年前から自分のペースで進めていって、自分も着々とやりたいことというか目標とかができました。学ぶということができ始めています。何歳になっても学べるんだと大人の人がよく言ってたんだけど、でもその人たちって、ずっとちゃんと学んできた人たちだから、自分とは違うと思っていた。だから私が自分の学びのゴールを決めて、なんか達成し、説得力のある言葉にして伝えていきたいなっていうふうに思ってやってきました。現在大学二年生です。四十歳で大学入学資格がとれたので、四十二歳で大学二年生で、四十四歳のときには四年で卒業して、高校の公民の教員免許をとる予定です。

司会 すごい頑張ってきましたよね。母親として子育ても頑張ってきた姿を見てきて、みんなが励まされています。女子の会もやり始めましたね。

中村　バツも一つ増えちゃったけど。自分が変わりたいと思った大きな出来事があったときにいい方向に変わっていったけど、人生って常に変わってるんだなって思いました。もしかしたら、バツが一個増えたときに、自分がいろんな点で幼いままだったら、もしかしたら、また中年の熟女の不良になってたかもしれないけど、それもなく、更生の道を、正しい道を進めているから、良かったかなって思います。

「セカンドチャンス！女子」は、少し自分の生活が忙しくて活動できない状態でいたときに、女子は女子で集まって話して、美味しいものを食べたりとかするだけで、ストレスが発散できるなっていうことを、自分自身で感じたので、女子だけの集まりで、女子トークをする会があってもいいなぁと思って、女子の会も始めたんです。大きくやるのは難しいので、自分ができる可能な場所としては、今は横浜で何人かで、たとえば二人でも三人でも集まればやろうという感じでスタートして、年に二回ぐらいの時もあったし、もう少し多い時もあったり、緩い感じですけどいい感じでやれるかなと思います。

ゆか　今、私は遠方に住んでいるので、五年ぶりにセカンドチャンス！の会議にまた戻ってきました。お久しぶりです。セカンドチャンス！の立ち上げの時に春野さんに声をかけていただいて参加しました。私はその時二十二歳で大学生だったんです。結構未熟だったなと自分でも思いながら参加して、すごい活動をしているサポーターや仲間ができて、すごい自分の世界が広がったなって思いました。

そのあと、札幌に移住して、東京からも離れて、自分の仕事とかでいっぱいいっぱいだったりもしたので、活動自体はここ五年間ぐらいはお休みしていたんですけど、やっぱりいつもどこかでつながっていてくれました。才門さんが札幌に来る用事があった時は、声をかけてくれていたし、自分自身はセカンドチャンス！として、何もやってなかったけれども、やっぱりつながりを持っていてくれたことにすごく感謝しています。

今回、出産をしました。私生活でいろいろ大変なことがあって、シングルで子どもを産んだわけですが、そういうちょっと大変な時とかに原点に戻るというか、みんなどうしているかなって思うんですね。セカンドチャンス！って、あきらめないパワーみたいなものをすごく持っているなというのを思い出して、連絡したら東京エリアの実家へ帰省した際には女子の会を開いてくれたりとかしてくれて。とにかくあきらめないぞって気持ちになった時に、常に思い出す、頭にぱっと出てきたのがセカンドチャンス！でした。それで、今日ここに戻ってきたという感じです。

司会　大変な時に何か、よりどころとして出てくるって、すごい、すてきですね。では、代表の才門さん。

才門辰史　自分が言いたいことってよく考えたら、一冊目の本『セカンドチャンス！』に書いてあることと、あまり変わってないんじゃないかって気づいたんだけど……。

中村　それは変わってないんじゃなくて、ぶれてないんだよ、きっと。

才門　設立から何年も経っているんですけど、全国運営会議も、交流会もそうなんですけど、活動やっていてお金にもならないし、むしろ出ていくし、きついのはきついなぁと思いながら会議に来るときもあるんです。でもいつも帰りはすごい幸せな気持ちになるんです。

メンバーに会った時にはめっちゃうれしい気持ちになって、一年に一回とか二回とかしか会えない先輩も後輩も、仲間っていうか、たまにしか会ってないっていう感じが一切しないんですね。ずっとつながっている仲間。それは、なんか不思議な、幼馴染とか親友に似たような感覚があって、今日はきついなと思う時も、帰る時は、じわっーてなんかうれしい気持ちになる。多分、自分がセカンドチャンス！の活動に携わらせてもらうようになった当初は、こんなに続くって想像もしてなかったんです。よくも飽きずに続いているなって。

以前、吉永さんと車でたまたま二人になった時に、「ぜったいお金なかったら続かへんぞ」とか、「それってお金になるの」とかよく言われるっていう話をしたんです。結果的に続いている。それは自分にとっての誇りのひとつにもなっているって感じます。多分、お金がないから続いているというのもあるんだろうな。お金がいっぱいあったら逆に仲良くなってないのかもしれない。そういう部分で、ある意味誇らしい気持ちもあります。

交流会にしろ、この全国運営会議にしろ、参加すれば、「ここでは何を言ってもいい」っていう感覚になる。正直普段の生活では、結構、劣等感もめちゃくちゃあったりとか、ネガティブな気持ちになることがあるんですけど、セカンドチャンス！に来たら、何でも言えるという存在になってるし、必要とされてるなぁという気持ちにもなれる。すごい甘えた意見かもしれないけど、自分にとって、心地良い、いいつながりになっています。それがずっと今日まで続いています。活動を始めた頃一番最初に、「大阪で交流会しよう」ってなったときに、東京から車に乗って大阪に行く時にみんなと話をして、気持ちが解放されていったあの時と、今も全く気持ちは変わってないなぁ。

司会　ああ、それは大きいことですね。設立当初の才門さんの言葉で、「ここで自分をさらけ出せるから、ほかでは無理しなくていいっていう気持ちになって、落ち着いてくる」って言ってたのがすごく印象に残っているんです。

才門　仲間の誰かが言ってて僕自身も同じだなって思ったことがあって。セカンドチャンス！というものが自分になかったときは、「自分は少年院を出てるんです」って言ってみたり、「オレ、年少出てんねん」って、ちょっと悪ぶって言ったりとか、そういうふうなことで自分を知ってもらおうとしたりして、言わんでいいところで言っている時もあった。逆に無理して一切隠している時もあったんですけど、セカンドチャンス！のつながりができてから、自分の中で、どっちでもいいっていうか、別に隠す必要もないし、無理して言う必要もないなぁっていうような感覚になりましたね。

司会 今は皆さんより若い人たちが参加していると思いますが、若い子たちはどんなふうに見ていますか？

吉永 設立当初は、僕も三十二か三十三歳だったんですが、もう四十歳。だけど、十代、二十代の参加もあるので、そういう子たちと一緒にいると自分たちもちょっと若返ったような感じがするんですね。意外といい関係をずっと築けていると思いますね。若い子たちは、人それぞれですけど、交流会を楽しみにしてくれている子たちもいます。ただ、ちゃんと仕事についたら、「仕事があるから来れません」とか、「やっぱり仕事がきついんで日曜日は休まないと」とかの場合もあって、無理も言えないし、でも来てほしいな、って思うこともあります。

才門 交流会で好きな瞬間っていうのがあるんですよ。初めて交流会に参加する子って、「もう自分は更生したんで絶対大丈夫です」みたいなノリで来る子が、たまにいるんです。「もう二度と悪いことはしないで生きていきます」って言ったときに、ちょっと先輩の仲間が、「あーそうか。それより、少年院出てきて、まず最初になに食った？」みたいなこと言って、ここは肩ひじ張らんでいいんやでってそんなことから感じていくっていうそういうシーンがあった時に、自分は密かに、これがセカンドチャンス！だ、と思ってニヤニヤ笑うというか、そんなことが結構ある。ここは構える必要もないし、悪ぶる必要もないし、だけど無理して真面目ぶる必要もないっていうか、その瞬間が結構好きなんですね。

吉永　ずっと見てきていて、二十代半ば過ぎると、だいたい落ち着きますね。それまでは来ていたのにしばらく来なくなったりすると、「あっ、ちょっと危険信号か？」みたいな感じになって心配したりして。だいたい連絡取れなくなってしばらくしたら、その子の親から、「実は少年院にまた戻ってしまって」みたいなことがある。結構、中から手紙をくれたりとかもするんです。僕らとしては出てきてもまたウエルカムなんで、また来てくれるようになるんです。

才門　そうそう、またやってしまうような子って、だんだんと交流会に参加しなくなってくるじゃないですか。誘ってもなかなか参加してこないけど、捕まったら、「自分にとってセカンドチャンス！は大切な居場所です」みたいな手紙が来たりしますよね。セカンドチャンス！って、そういう役割も担っているという感じがしてます。

大悟 僕はセカンドチャンス！が始まって一年後ぐらいからいるのかな。最初の二年ぐらいは、全国の仲間が集まる場や会議のようなところには、「僕はそういうのは行きません」と言って、交流会だけに参加してました。京都に住んでて、大阪の交流会にずっと参加してました。でも、そこから自分が変わっていったきっかけは、全国合宿に参加した時やったかな。全国各地に交流会があるとは聞いてはいたけど、その場で実際にみんなを見て、会うと、気持ちが変わっていったんですね。

そこから、じゃあ、自分も京都でやろかという気持ちになった。それまでは大阪交流会の一参加者、一当事者で、いつ来なくなるか分からへんような一人やったんですけど、だんだん運営のほうにもかかわるようになっていきました。メンバーが変わったりも目の当たりにはしたけど、さっき才門くんが言ったように、セカンドチャンス！は変わってないというか、ブレてない。それはいいと思うし、僕自身も自然体でいられる場所のひとつになってます。

普段から僕は自然体でいるタイプではあるんですけど、やっぱりどこに行っても少年院に入ってた話なんかはしないし、もう自分も忘れてたぐらいやったけど、セカンドチャンス！に参加していくことによって、「あぁ、そういえばそんなとこあったな」とか、「あぁ、俺も入ってたな」ぐらいのところから、「それって自分の人生の中で大きいものやったな」と感じた。それを隠さずというか、別にそれを言う必要もなく、同じ立場の、理解してくれる人たちのいる場所やから、僕も自然でいれたんですよね。

それで京都で交流会をして、京都のリーダーをしながら理事もやってきました。でもそれを放ってというか、「世界一周行ってくるから、僕ちょっと抜けますね」って言ったときに、みんなが応援してくれて。浪速少年院の講演に何年間か行かせてもらっていたんですが、そこの少年院の先生もすごい応援してくれて。これが仕事やったら大変なことになるし、やめてくれとかいろいろあると思うんですけど。結局一年行くって言って一年半かかって世界一周して戻ってきたばかりなんやけど、それもまたみんながいてできた事なんやと思ってます。

自分が自然体でいれるのは、自分が自然体やからなんじゃなくて、それを認めてくれる人たちがいて、初めて、自分がいるのかなと感じます。それは、ここに関わらずなんですけど、ここもそれを何よりも感じる場所やなと交流会をしていても思いますし、一年に一回か二回しか会わないこの全国のメンバーと集まったときも感じます。こういうことも、今は感じてない人たちにも感じてほしいなと思うことです。だから、やってて良かったというか、かかわれて良かったと思ってます。

ケンジ 僕はセカンドチャンス！設立後一年ほどたったころに、『セカンドチャンス！』の本を読んで、「あっ、ここだ」と思って連絡をとったんです。最初から、「よし、ここだ」っていう感覚があったんです。

今は、自分が一番安心できる、支えられる場所。別に何をする、何をしてもらうというわけではないんだけど、僕はセカンドチャンス！の人と一緒にいる時に、楽というか気を使わないっていうのか、わかってくれるというか、そんな感じがある。セカンドチャンス！に来た時は、もう悪さをしなくなって何年もたっていたんだけど、当事者じゃない人から「もう君は大丈夫」みたいなことを言われたりすると、なんか、「えーっ？ そんなことないのに」て違和感があるというか、時には「大丈夫ちゃうわ」みたいな、「もう危ないとこやった」みたいなことだってある。それをメンバーに電話したり、ちょっと顔を見るだけで、パッと安心する、わかってもらえる、そういうのがセカンドチャンス！ならではのいいところですね。

あと、新しい人、若い子が来てくれるとすごい嬉しいですよね。僕は成人してからも失敗を繰り返して学んだので、若い人がちゃんとやってるのを見ると逆に力をもらう。そういう自分が若い人から力を受け取る側でもあって、人に支えられているなと実感してます。

司会　ケンジさんは、この本に原稿を寄せてくれていますが、その中に、かつて自分を少年院に送った裁判官に出会った話が書いてありますね。セカンドチャンス！の交流会で、別の元裁判官の方に出会ったことがきっかけで、心に残っていた裁判官に会いに行くことができたという話です。この原稿を読んだとき、ものすごく感動しました。セカンドチャンス！は当事者だけでなくて、いろんな人を元気づけたり勇気づけたり、生きててよかったって思わせてくれる場だなあって。

ケンジ　本当にあの出会いは、うれしかったです。その裁判官は、審判の席ですごく自分を心配してくれていて、感じが良かった。真剣に、「もうあなた、いい加減にせんと、人生大変なことになってますよ」って言われた。ああ、いい人だなあと感じて、「この人の名前を覚えておこう」って思ったんですよね。そうして、セカンドチャンス！の交流会がきっかけで会いに行った。その裁判官は退官して弁護士をしていましたが、視力がほとんどなくなっていて、「あなたの顔もよくわからない」と言ってました。毎回毎回「祈って審判を下していました」って言われました。裁判官を四十年やっていて、会いに来てくれた人は初めてだから、「すごくうれしい」と言ってくれて。僕も感動でした。この間も電話しました。

司会 交流が続いているんですね。すてきですね。人生の財産ですね。

ケンジ 審判で、同じことを言われるのでも、機械的に「少年院送致」と言われると、ヒトの人生なんだと思ってるんだみたいな気持ちになるけど、心があると、それはきちんと伝わりますね。何回か審判受けたけど、ほかの人は覚えてなくて。よく考えて言ってくれているから伝わった。

司会 リョウさんお願いします。

リョウ セカンドチャンス！六年目のリョウです。当事は十九歳だったけど、今二十六歳。最初に当時名古屋の交流会のリーダーをやってたTさんに会って。元ヤクザだったって聞いてたから「怖い人かなー」って思ってたら、優しそうな、フレンドリーな感じだった。でも、最初は、自分から壁を作ってたと思う。名古屋のメンバーは、みんな気軽に話しかけてくれたけど、そういうことが自分にはそれまでなかったから、普通にしゃべっていいのかとか、ちゃんと会話をするっていうことがわからなかったから、初めのころはしゃべるときは強がってたと思う。

才門　ほんと強がってた。(笑)

リョウ　それで、交流会に数回行ったあたり、少年院を出て二ヵ月後くらいに再犯してしまったんですよ。いろいろ相談したらよかったんだけど、そんなに人に頼ったらいかんと思ってたところがあった。それも、交流会の当日に捕まった。

交流会に出るつもりだったけど、自分の失敗で入ってしまった。それで、そのままポイって捨てられると思ったんだけど、セカンドチャンス！のメンバーが来てくれた。執行猶予で出てきてからは、みんなに感謝しなあかんなと思ったけど、でも、仕事も長続きしなくて、遊んじゃった時期もあったし、これじゃだめだと思ってそれまでの現場仕事と全然違う介護の仕事をしたりもした。まだ力が足りなくて、その仕事もやめましたが、自分にいろんなアドバイスをしてくれる出会いに、やっぱり感謝してる。今も、昔の悪い関係者から、いろんな誘いの電話が来たりするるんで、セカンドチャンス！の仲間がいなかったら、絶対、中途半端な生き方を選んじゃったんじゃないかって思う。

まだまだセカンドチャンス！は知名度は低いと思うんで、自分も、転居した場所でやれることをしていこうと思ってる。

司会　女子は全体で少ないのですが、では、おしょぱんさんいかがですか？

おしょぱん　私はセカンドチャンス！に参加して五年です。よく横浜交流会に参加させてもらっていたんですけど、横浜の交流会が休みになってしまってからは、女子会にときどき参加しています。

私とセカンドチャンス！との出会いは、実は、中村すえこちゃんと十五歳の時に同じ少年院にいたんですけど、その後に再会したんです。それが五年前。それからのつながりです。

セカンドチャンス！のつながりって、深いですよね。絆というか、すごいと思います。勉強になるし、私も本当に失敗ばかりなんですけど、いつもみんなに助けられています。プライベートでも本当に良くしてもらっていて。これからも、自分も、もっともっと視野を広げて、セカンドチャンス！に参加していきたいなって思います。

中村　おしょぱんちゃんが、女子メンバーのＬＩＮＥに質問を投げかけてくれて、すごいいい雰囲気になったんですよ。

おしょぱん　この本の原稿を書くのに、何をどんなふうに書いたらいいのかと思って、ＬＩＮＥでみんなに聞いてみたんですね。そしたらパァッといろんなことをみんなが書いてくれてびっくりしました。いっぱい、同じような経験をした仲間がいるんだなって思って。本当にありがたいと思ったんです。

　つながりですよね。楽しいですね。やっぱり寂しくないっていうか、私の周りにみんながいるんだっていう。何度も失敗をしているんですが、楽しい時もありますよね。

司会 仲間とのつながりで寂しくない、楽しいって聞いて、とてもあたたかい気持ちになります。では、サポーターからもお話してください。

山中多民子 この七年間、セカンドチャンス！の活動の中で大きいことは、当事者に運営主体が変わった時だったと思います。初めは、津富宏先生と才門さんと、サポーターと当事者がいいバランスだなと思っていたのですが、でも方向性を決めていくという大事な時になると、やっぱりどうしてもズレが生じたりします。当事者が中心になった時に、離れてしまった人もいましたけど、残った人は、それが自然に受け入れられている人です。

誰かがいて当事者に教えてあげるとか、引っ張っていってあげるということじゃなく、みんなが持っている力を信じていくという感じなので、それが自分にとっても居心地がいいのです。何かしないといけないというよりも、何かできることがあれば力になればいいなぁみたいなつもりでいます。それが私たちにとってもうれしいし、みんなが幸せな感じになるので、心地いい感じがある。当事者の皆さんが変わっていくのを見るのも、すごく楽しいです。

司会　運営主体が当事者になって、良かった、やりやすくなったという事ですよね。

山中　そうですね、ものを決める時にどっちが正しいかより、本当に大事にしているものは何なのかというところを見ていくと、やっぱり当事者の人たちが決めたことが無理がない。だから今も続いているのかなと思います。あの時に、すごく、みんなでもめたり迷ったりすることを、時間をかけてちゃんとていねいにやったから、今こんな感じになったのかなと思ってます。

澤田豊　私は、津富さんに誘われて参加しました。もともと傍観者といいますか、異邦人みたいなところがあって、「できることはやりましょう」っていう感じでいましたが、そういう姿勢でいられるのもこの雰囲気のおかげかなという感じがしています。

　それからもう一つは、これはものすごく私が助かったなという感じがしていることですが、犯罪心理学という分野で鑑別所や刑務所で仕事をしてきました。そこでは失敗例しか見てこないわけです。再犯して戻ってくる人たちとか。その人たちの人生の話を聞いていると、それはそれでやむを得ないっていう感じがあるんですよね。だけど、それで終わってしまっては困る、何とか普通に生きていってほしいという感じです。

ここで皆さん方の話を聞いたり、一緒に活動をしたりしながら、一番感心したのは、やっぱり乗り越えた人は強いということです。私のような平々凡々と生きてきた人間と比べたら、やっぱり強いなと。ただ、乗り越えられなかった時が悲惨というか痛ましくなる。その辺のギリギリのところがすごいなっていつも感心しながら、協力できるところはしてきた。そのことで非常に希望が見えました。

私は、府中刑務所に七年いたのですが、そこにいると二十何年とか出入りしている人がいる。本当に、「あなたの人生は犯罪をする人生ですね」と言うしかないし、それもまたひとつかなっていうような、許容するしかないっていう、そういうような人生もあるんですけれど、やっぱり、普通に生きていけるものなら普通に生きてほしい。そういうことの手伝いができればなあっていう感じがいつもしていたんです。ここで皆さん方とお付き合いして、本当に何回失敗しても立ち直る人たちがいくらでもいる。非常に希望が持てる、そういう感じがいつもしていたんです。

司会 本当ですね、生きる「希望」がここにありますよね。

杉浦ひとみ　私は、弁護士として非行少年の支援を中心にやって来たんですが、セカンドチャンス！が立ち上がる頃は、少年犯罪の被害者支援の活動もしていました。二〇〇〇年頃から社会全体が犯罪被害者の支援に目が向いてきて、それ自体はいいことなのですが、反対に加害者側には社会の目が厳しくなって、非行少年が小声でしか将来の夢を語れないような風潮がありました。「それは違う、非行した少年がやり直せなかったらそれは、本人にも、社会にも、被害者にもプラスにならない！」と叫びたいような思いでいたときに、この活動が始まりました。

そんな中にいたので、少年院出院者が立ち上がることを社会はどう受け止めるだろうかと、私はすごい緊張感を持って創立総会に臨んだことを覚えています。だから、スタートの頃のメンバーは地から這い上がって来たという印象で見ています。

その後の活動は順調に来たように思いますが、一番気になっていたのは、どこまで続けられるんだろうということでした。セカンドチャンス！の活動というと華々しく聞こえますが、実際には、交流会をコツコツ続けることで、後輩が次々出てきて活動を担ってくれるというものでもなく、運営し続けている最初からのメンバーは大変で、つらくて、もうやめたくなっているんじゃないか、何で続けられるんだろう……と今日まで思ってきました。でも、皆さんの話を聞いて、仲間といる場所があることが、どれほど貴重なものかということが分かりました。私がそこまで存在価値を分かってなかったんですね。だから、これからも続いていくのだろうということも確信できました。

あとひとつ案じていたこと。最初の頃に「ヒーローになってはいけない」と口にしたことがあったのですが、皆さんはそのことを肝に銘じてくださっているように感じています。でも、この活動は、元少年院長だったサポーターの林和治さんなどの大きな力もあり、徐々に少年院が認めてくれるようになりましたね。そのほか、更生支援団体的なところからも講演依頼などがくるようになって（ＮＰＯの所在地になっているうちの事務所に連絡が来るので）「少年更生の星」のように頼られているような感じも受けるようになりました。少年院の在院者からもあこがれをもって手紙も届きます。そうすると、大丈夫だろうか、と時々不安になったりもするわけです。

ところが、立ち上げからずっと会を引っ張っている才門さんなどは、特に少年たちには本当にていねいな手書きの返事を送っているんですね。それは、やっぱり、少年院出身であることを自ら体験しているからこそ、どんなメッセージを受け取りたいかを分かっている。そして、「オレ、年少出てんねん」と悪ぶってしまいそうになった（笑）寄る辺ないその（セカンドチャンス！のなかった）頃を忘れていないのですね。本当にエライと思います。そして、安心しています。セカンドチャンス！は、これからも大切に続けていってほしいと思っています。

司会　私もサポーターの一人として、設立からずっと、ものすごく学ばせてもらったし、皆さんに力をもらってきました。今残っているサポーター同士も、それまでつながりがほとんどなかった者同士で、この活動を通じて信頼を深めてきたところがあると思います。その信頼というのは、山中さんも言われましたが、当事者の皆さんをとことん信じていくということだと感じています。

サポーターと当事者は、設立当初は、お互いに気持ちを正直に出し合うことがうまくできていなかったところがありました。でも、いろんなことを通して、溶け込んできたというか、理解し合ってこられたと思います。

やっぱり実際の社会は、つまずいてしまった人に決して優しくはない。そんな場面が多いと感じています。私は、非行してしまった子どもを持つ親という立場の「当事者」でもありますが、ちょっと失敗すると過去のことがほじくり出されて、必要以上に攻撃されてしまう状態もたくさん見てきました。ですから私は、皆さんの思いや人生、願いを知ったり、前向きな姿に出会うことで、自分の課題や弱点を振り返ることもあるし、自分には何ができるのか、この社会をどう変えていく必要があるのかとか、いろんなことをすごく考えます。

そういう点で私たちサポーターの役割としては、当事者の外側の人にも、もっとこの活動を知ってもらえるようにしていくことが大事だなと思っています。


小長井賀與 当事者団体セカンドチャンス！の意義について考えました。あくまで、支援者としての個人的な思いです。

セカンドチャンス！は、次のような経過で組織化を進めてきました。二〇〇九年に支援者と当事者とで任意団体として設立し、二〇一〇年に支援者主導によってＮＰＯ法人化しました。さらに二〇一二年には当事者が法人役員の全ポストに就任するに至りました。現在は、当事者が自らの居住地域に設立した日本各地のセカンドチャンス！地区会が活動基地となり、各地区会の代表が全国組織であるＮＰＯ法人セカンドチャンス！の理事を務めるという緩やかな連合体の形態を取っています。文字通りの当事者組織です。

主要な活動は各地区会での当事者の交流会と年に一回開催される全国交流会であ

り、当事者同士の交流と（主に精神面での）支え合いが活動の軸となっています。当事者は時に依頼されて講演や取材に応じますが、自ら講演や取材の機会を求めないことを原則としています。

全国組織にも地区会にも支援者がいますが、あくまで側面的な支援と助言をするに留まっています。現在、セカンドチャンス！は名実ともに当事者主体の当事者のための組織となっています。少年院出院者である当事者が、地元に戻ってきた新当事者を囲んで交流会をもち、皆で日頃の生活の経験と情緒を共有し、支え合うことを旨としています。

どの領域においても、人が人を支援することは美しく、人間の行為として正しいことは間違いありません。ただし、人を支援する行為には、非対称な力関係や支援者側が自らの支援行為に依存するようになる危うさが構造的に内在しています。支援される側だけでなく、支援する側が自らの内面にある穴を支援行為によって補償することが時に生ずると思います。そうなると支援関係がねじれ、どの関係者においても自律的に成長発展していく可能性が損なわれます。

この点で、現在のセカンドチャンス！のあり方は正しいと思います。相互扶助の理にかない、当事者間、あるいは当事者と支援者間で「支援の罠」に陥る可能性は低いと思います。次の理由に依ります。

・地区交流会のすべての代表は自らの所属先をもち、日々仕事や勉学に励む堅実な生活人です。したがって、経験を積んだ当事者が若い当事者を物心共に全面的に支援する時間的・精神的余裕はありませんが、そうだからこそ当事者間の関係がフラットで、個々の当事者の間に明確な境界線があり、時折開催される交流会で対等に経験と情緒（感情）を交換し、自らを解放して、社会人としての成熟を目指して連帯し合っています。

・活動の基地・基盤は各地の交流会であり、地元の事情や当事者のニーズに合わせて運営されますから、全国組織と地区交流会、あるいは地区交流会間に上下関係はなく、フラットな関係の中で、他地区や全国組織から情報や刺激を得ています。

・セカンドチャンス！は当事者のための団体です。支援者は側面的にしか団体の運営や活動に関わりませんから、当事者と支援者の間で一方が他方を支配し、あるいは依存する可能性はありません。当事者も支援者も自分の生活をしっかりと持った上で、相互に他者の経験を聞いて新鮮な刺激を受けています。

以上の三点に、セカンドチャンス！の特徴と意義があると考えています。本書においては、各地の当事者が、「交流会」に絡みながら、生活人として経験を積んで成長していく過程が述べられています。誰一人現在の自分に満足せず、より自分らしく豊かに生きる途を模索しています。各人の文章の中からセカンドチャンス！メンバーの誠実さとエネルギーを知っていただけたら、うれしく思います。

才門　サポーターの皆さんが当事者の話を聞いていろいろ感じてくれたと話してくれましたが、それと同じで、多分、今ここにいる当事者は、サポーターの人たちの話を聞けて良かったって思っていると思います。サポーターの皆さんがそんなふうに感じていてくれたことに、僕は軽くしびれました（笑）。僕たちもサポーターに対して、いろんなことを思いながらの活動だったので、今日は話せて良かったし、聞けて良かった。

　また、どこの交流会もそうですけど、サポーターの存在も重要です。でも、当事者同士の時間も必要です。それも大事なんだけど、そこばかりで固まってしまうと世界も広がらないし、関わってもらうことはすごい大切な事だと思っています。なので、これからもサポーターメンバーの皆さんには大変なことをお願いしてしまうと思いますが、自分たちもできることを頑張ってやっていくので、協力してもらえたらうれしいと思っています。

司会 今日は、貴重な座談会になりました。これからも、話し合いを大事にして活動をしていきましょう。皆さん、ありがとうございました。

（本稿は、二〇一七年七月二十三日に立教大学で行った十一名による座談会と、文書にて参加した一名の原稿を整理してまとめたものです。）

この道を歩もう——あとがきに代えて

セカンドチャンス！サポーター・元少年院教官
林 和治

この本は、セカンドチャンス！の手記集としては二冊目です。一冊目は、セカンドチャンス！の立上げに携わったメンバーが主要な書き手でしたが、今回は、この十年の活動の中で、セカンドチャンス！に出会って共に頑張ってきた仲間たちが主たる書き手です。

一冊目のあとがきに、当時の代表である津富宏さんが次のようなことを書いています。セカンドチャンス！にとっては、とても大切なことですので、あえて引用再掲します。

しかし、この本を世の中に送り出すのには、覚悟が要った。
いったん人に与えた被害を埋め戻すことはできない。
人に被害を与えたという事実は消えることはない。

何を言おうと、「やったこと」をなしにすることはできない。だから、犯罪をした人ができることは、「埋め戻しのできないこと」をしてしまったということを引き受けて、その後の人生をどう生きるかだけである。

埋め戻すことはできないから、何もできないとあきらめるのか。いや、埋め戻すことはできないのは分かっているけれども、それでもなお、少しでも「埋め戻そう」として生きるのか。

セカンドチャンス！の仲間たちは、後者を選択した人々である。自分のどうしようもない過去を引き受け、さらけ出すことで、少年院から出てくる後輩に役立とうと決めた人たちである。生まれてきたからには、きちんと生きて、社会にプラスになろうと決めた人たちである。

（『セカンドチャンス！　人生が変わった少年院出院者たち』二〇一一年）

このことは、十年たった今も、少しも変わってはいません。十年間活動してきた者も、新しくその活動に加わった人たちも、心のなかに、このことを秘めずに活動しているものはいない。セカンドチャンス！のメンバーは「まっとうに生きていくこと」をもって信条とし、それをもって生きてきた先輩の姿を見てもらいたいと、真面目に考えている。私は、その姿に心打たれました。

他方、セカンドチャンス！発足の時と、大きく事情が変わった点が一つあります。本書に収録されている座談会においても触れられているのですが、セカンドチャンス！は、発足時点では、少年院を（院生として）経験している当事者と、非当事者つまり、提唱者で代表の津富さん、少年矯正や更生保護の関係者（OB等）、大学関係者、マスコミ関係者その他の賛同者とで構成する団体でした。その後、NPO法人としての認証・登記を経ながら活動と議論を重ねて、発足三年後には当事者主体の団体として再編成され、現在は代表他すべての役員に当事者が就任し、法人約款に則って、登記上も実態上も当事者が運営する団体として活動しているのです。私自身も、上述の座談会に出席しているサポーター他と共に、当法人の活動を周辺で支える役割を果たせたらと願いながら活動に参加させていただいています。

その座談会において、セカンドチャンス！の雰囲気や活動の意義などについても、余すところなく語られていると思いますので、本編手記十六篇と併せてお読みいただければ幸いです。

この手記集『あの頃ボクらは少年院にいた　セカンドチャンス！十六人のストーリー』

に収められた、メンバーたちの心を込めた振り返りの十六篇。一人一人の物語には、それぞれの思いがこもっています。少年院…あのころは…と遠く四十年前を振り返って書かれたものもあれば、まだ湯気が出ているような一文もあります。でもそれぞれの味を味わってください。人が自分の人生を振り返ることは容易なことではないと思います。まして、文字として第三者に向けて綴るのは、とても難しい作業ではないでしょうか。文字にすることの難しさと同時に、文字で伝えられることの限界もあると思います。ある人は、こんな気持ちをどう表現したらいいのだろう、と悩んで編集者のサポーターと相談を繰り返して文をまとめたとも聞いています。読者の皆さんには、僭越《せんえつ》なお願いかもしれませんが、これらは、そういった煩悶《はんもん》の末にできた文章であることをどうかご理解ください。そこに綴られているそれぞれのこれまでの生活、その中の非行、そして被害者の方への思い……、それらはいずれも、先行く者の姿を追い求め、罪を背負って生きていくことの自分なりのありようを探し求めている姿です。

議論の末に決まったという「あの頃ボクらは少年院にいた」というタイトルには、今ボクらはここにいる、そしてボクらは、この原点を忘れることなく、この先ずっとずっとずっと長い旅を続けるのだという決意を感じます。一人一人が、いつか輝くだろう自分を信じ、本当の更生に向けた長い旅路を歩み続けてほしいと願っています。

ところで、セカンドチャンス！の十年の歩みのなかで、問題を抱えて悩んでいる少年たちに対して、様々な段階において一層直接的な支援活動をしたいなど、さらに志を固めて新しい道を選んだ人も少なからずいることも付記しておきたいと思います。セカンドチャンス！の歩みと並行して、彼らもまたそれぞれに意義のある活動を展開していることは、素晴らしいことです。この十年には、少年院法も改正されるなどして、より一層、少年院経験者の声や支援を届けやすい状況が作り出され、社会もまた、そのような支援の意義を認め、受容し始めているようにも思われます。

この先十年、世の中は更に大きく変わることでしょう。しかし、私には、このセカンドチャンス！は、相変わらず、地道に黙々と、自らが掲げた「正直・平等・尊敬」という基本ポリシーを大切にしながら、才門代表の言葉を借りれば「愚直に」歩み続けているのではないかと思います。少年院出院者が、「人生をやり直したい、犯罪をやめてまっとうに行きたい」と本気で願ったとき、「孤独になるのではなく、むしろ近所にも全国にも仲間ができる」、そんな世の中を目指して歩み続けていることでしょう。そしてその先にあるのは、セカンドチャンス！がいらない世の中なのだと信じます。その旅を応援しながら、共に歩みたいと思います。

特定非営利活動法人 セカンドチャンス！
理事長：才門辰史（さいもん たつし）
団体連絡先：東京都文京区本郷 3-18-11 TY ビル 302
東京アドヴォカシー法律事務所

あの頃《ころ》、ボクらは少年院《しょうねんいん》にいた
――セカンドチャンス！ 16 人のストーリー――

2019 年 3 月 1 日　第 1 刷発行 ©

編　者
特定非営利活動法人 セカンドチャンス！

発行者
武田みる

発行所
新科学出版社

（営業・編集）〒 169-0073　東京都新宿区百人町 1-17-14-21
TEL：03-5337-7911　FAX：03-5337-7912
E メール：sinkagaku@vega.ocn.ne.jp
ホームページ：https://shinkagaku.com/

印刷・製本：株式会社シナノ パブリッシング プレス

ISBN 978-4-915143-58-8　C0036
Printed in Japan